METAMORFOSES PRIVADAS

CB078542

METAMORFOSES PRIVADAS

Rui Xavier

ilustrações de Renan Santos

nVersos

SUMÁRIO

PREFÁCIO

I
DEPOIMENTOS E CONFISSÕES

II
INSTRUÇÕES DE BEM VIVER

III
FUTUROS HIPOTÉTICOS

IV
SACO DE COISAS

V
SEGREDOS E INTIMIDADES

PREFÁCIO

COM QUANTAS PALAVRAS SE ESCREVE UM BOM CONTO?

Um contista – e o Brasil é prenhe de excelentes deles – precisa trabalhar a síntese com relação às ações; optar, em grande parte das vezes, por certa concisão psicológica e perseguir, sempre que necessário, o impacto surpreendente. Em tese, no gênero, o pouco, quando de qualidade, tende a reverberar de modo intenso e persistente. A extensão transmuta-se, de modo endógeno, no outro; ou seja: o leitor da obra, que a constrói e também a si nos interstícios apreendidos durante o percurso da leitura. Mesmo correndo o risco do palpite precipitado, pode-se notar na produção de Rui Xavier grandes autores e expedientes interessantíssimos, como Jorge Luis Borges e Murilo Rubião, dentre outros.

Se estiverem atentos ao conceito de plateia, derivado do grego *plastós* (que concerne etimologicamente ao que é manipulado em cera ou argila), os bons contos tendem, por meio de pequenos índices, a intentar a coprodução dos sentidos; a manipular as estruturas imaginativas dos leitores; e, sobretudo – derivado do persa antigo (*mür-ab*) – a propor certa perseguição do leitor rumo ao desconhecido. É isso que parece revelar a obra que agora apresento: o descortinamento teatralizado de seres que não cabem no mundo!

Ao destacar de seus *loci* originais, as personagens de *Metamorfoses Privadas* podem apreender uma epifânica procissão de corpos lúgubres. Alguns dos coreutas desse coro seriam: um jovem caucasoide, socialista, cuja natureza metamórfica desdobra-se em três desconhecidos, que se (in)completam; um amealhador de pequenas fortunas em programas de auditório, cujo conhecimento é desconhecido de si; um cultuador de feras impossíveis de serem identificadas, em desarmônica coabitação em seu próprio quintal; um ser tão minúsculo cuja sombra se corrói e se conforma na invídia de um viver postergado; um inexplicável gigante entranhado na terra cujo parto, ou desentranhamento da dura rocha, necessitaria de máquinas (não inventadas) que o matam ao descobri-lo; um encontro em um teatro entre dois agrupamentos improváveis e apartados, ou melhor, manipulados por uma (in)certa quarta parede; um homem quase misógino amasiado com mulher da mesma têmpera dele, em inexplicável relação; um ator engaiolado por uma descarga intestinal... Enfim, convite a uma boa e estimulante leitura. Perpassa pela tessitura da obra de Xavier um protagonismo masculino fragilizado, habitante de paisagens inóspitas, quase sempre teatrais e sem lugar no mundo. Paisagens cartografadas em uma espécie de caleidoscópio, cujo carrossel parece posar em um (será?) heliporto autoral e pós-dramático...

Alexandre Mate
Prof. do Instituto de Arte da UNESP
e pesquisador teatral

I

DEPOIMENTOS E CONFISSÕES

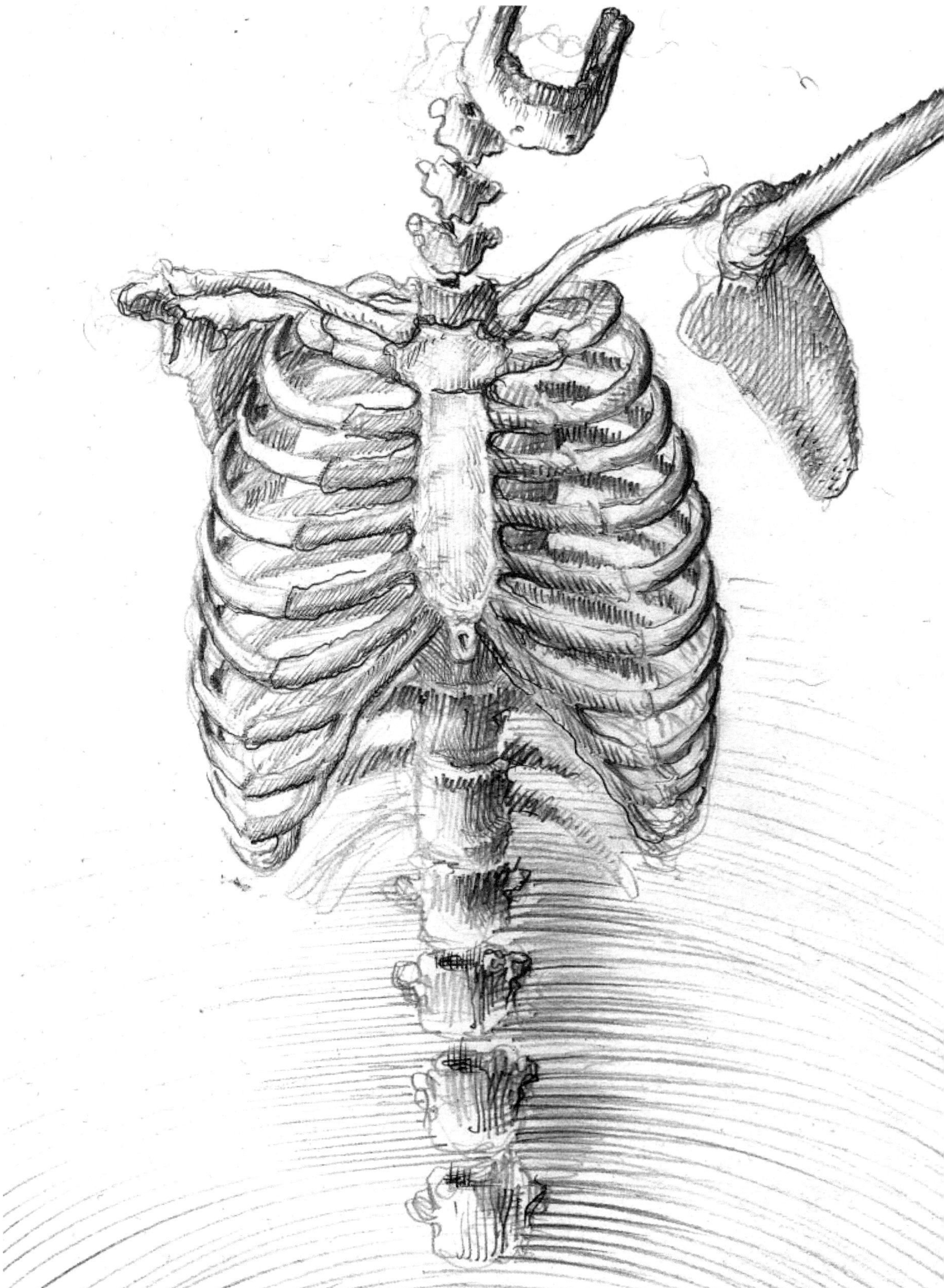

ESCLARECIMENTO

Para você que me conhece agora é necessário um esclarecimento. Em geral sou este ser humano macho, jovem, democrata, socialista e caucasoide, mas não é sempre assim; sou muito sensível, seja a estímulo externo ou às evoluções da minha própria mente, ela que é tão completamente elástica. As pessoas nem reparam, mas sofro mutações severas, às vezes muitas no espaço de um só dia. É que raramente sou um; existe, na maior parte do tempo, outro eu em gestação marsupial de mim mesmo, um *minimi* que aponta direções ao eu geral, digo, às outras partes do eu, que são o resto do meu corpo e o pássaro da mente. Compartilhamos, eu e esse homúnculo, um terço do humor e do temperamento; os outros dois terços se dividem entre mim e o pássaro, de forma constantemente desigual. As variáveis são muitas. Se o *minimi* deseja, por exemplo, silêncio e vazio, ele pode se enrolar sobre si mesmo e obter grande conforto com isso; mesmo que eu e o pássaro nos revoltemos e procuremos fazer com que ele se mexa, nada parece alterar a sua convicção, e nesse momento o *minimi* se basta, eu não sou mais que o ambiente que ele confortavelmente parasita, e nesse momento eu corro o sério risco de me tornar um ser semelhante, por exemplo, ao minotauro, não na dignidade da lenda, mas no peso da cabeça incrível que empurra o corpo para frente, desarticulando a minha cintura escapular, me fazendo farejar no chão o pessimismo deixado pelos passantes. Mas se, ao contrário, *minimi* está repleto de alegria pela vida, se quer se esticar para honrar a dádiva do corpo, uma complexa negociação se instala entre ele, eu e o pássaro; o pássaro concorda com ele, conceitualmente, mas não admite processos e sobrevoa montanhas imaginárias, me deixando sozinho na tarefa de aceitar e compreender o *minimi*. Minha primeira iniciativa é imitá-lo, esticar meu corpo tanto quanto ele está esticado, girar, abrir e fechar os braços, direcionar cada extremidade para um ponto diferente do espaço até me enfunar como a vela de um navio antigo, quando, com o auxílio do vento encanado, consigo chegar até o pássaro e convidá-lo a se juntar a nós, ou, ao contrário, me recolher o máximo possível, aproximar os membros uns dos outros, e cada fibra muscular uma da outra, colocar todo o peso da estrutura sobre uma só extremidade óssea até me tornar um grande pião de mármore que gira, embora, para que isso aconteça, eu deva ter capturado a colaboração do pássaro em algum momento do processo. Em geral, para minha desgraça, sou essa pilha crepitante de folhas mortas em meio a qual o *minimi* faz seus volteios; sou obrigado a suportar sua zombaria, sua revolta: ele me acusa de ser seu carcereiro, me diz palavras duras na frente dos vizinhos, me humilha com recordações da infância até me deixar revoltado, revoltado com a injustiça do *minimi*, que é egoísta, imaturo, não vê que eu faço o melhor que eu posso, não vê que, se eu pudesse, estaria em concordância com ele o tempo todo, que ainda há o pássaro que eu não governo, e que sou eu que tenho que carregar esse piano pelo mundo, que sou eu, entre nós três, que tem que mostrar a cara, que pagar as contas, ter uma atitude aceitável diante dos amigos, da esposa, dos desconhecidos; então acendo um fósforo, em protesto, ateio fogo a mim mesmo, o que assusta muito o *minimi*, mas é sempre em vão, porque o fogo queima rápido e sem pena, e logo eu me vejo transformado em um sarro de fogueira que tomou chuva, onde o *minimi* chapinha, infeliz, e cujo cheiro afasta o pássaro, que tem muito nojo dessas coisas e prefere as paisagens luminosas de Bizâncio ou de outra capital esquecida.

Essas coisas acontecem várias vezes ao dia, e esses foram só alguns exemplos; porque esse ser uno e ser trino não é como o do pai, do filho e do espírito, mas como o da farinha, da água e do sal; a articulação entre as partes gera uma variedade que é infinita. Às vezes chega uma visita no meio do processo e eu sou obrigado a disfarçar e retomar a forma habitual, torcendo para que ela não escute o choro irritante do *minimi* e nem se ofenda com o voo distraído do pássaro. Eu fico muito preocupado, mas acho que é à toa, porque até hoje ninguém comentou nada; não sei se é porque não percebem ou se é por simples educação.

QUEM SABE TUDO NÃO SABE DE NADA

Sou capaz de responder a qualquer pergunta que me façam, e respondo sempre corretamente. Essa habilidade apareceu cedo em mim, junto com os pêlos faciais e pubianos e o desespero do desejo, e foi de grande valia para que eu conseguisse terminar o Ensino Médio, e, depois, para amealhar uma pequena fortuna participando de programas de auditório, o que me dará conforto material até o fim da minha vida.

Vejam, não é que eu saiba de tudo, como muitas pessoas acreditam. Não sou uma pessoa culta – diria até que sou bastante ignorante perto de qualquer erudito; nenhuma dessas respostas que sei dar tão prontamente corresponde a uma memória ou a um conhecimento. Quando me perguntam a resposta aflora dos meus lábios espontaneamente, e é sempre a resposta verdadeira. Sempre. Se o tema em questão não for do meu interesse, esquecerei rapidamente a pergunta e a resposta, mas já me perguntaram muita coisa interessante e, desde que esse fenômeno começou, aprendi muito comigo mesmo, embora continue sem compreender a natureza dessa minha habilidade. Como não abrange nenhuma verdadeira compreensão, apenas dados, ela não admite longos discursos, então, quando me perguntaram "como você consegue responder a tudo isso?", eu disse "sou apenas um veículo"; "um veículo do quê?" disseram; "de algo maior e exterior a mim". Uma vez o telejornal de domingo me levou a um neurocientista que esquadrinhou meu cérebro com todos os seus aparelhos, em vão. Disse que as áreas que se acendiam quando eu respondia às perguntas cuja resposta não sabia conscientemente (o neurocientista definiu assim a minha experiência, em saber consciente e saber inconsciente – ele gostava muito de organizar esquemas e era bom nisso) eram as mesmas que se acendiam quando eu respondia a uma informação realmente conhecida, adquirida através da experiência no mundo real, como o nome de alguém ou o meu próprio nome, a cor do meu carro ou se ontem choveu. Nada a acrescentar, portanto, o que levou o pessoal da pauta a incluir na reportagem um longo quadro em que me obrigaram a responder a uma série interminável de perguntas dificílimas, as linhas sucessórias dos antigos reinos da Indonésia e o número pi até onde meu fôlego suportasse, claro que para depois editar e dizer até

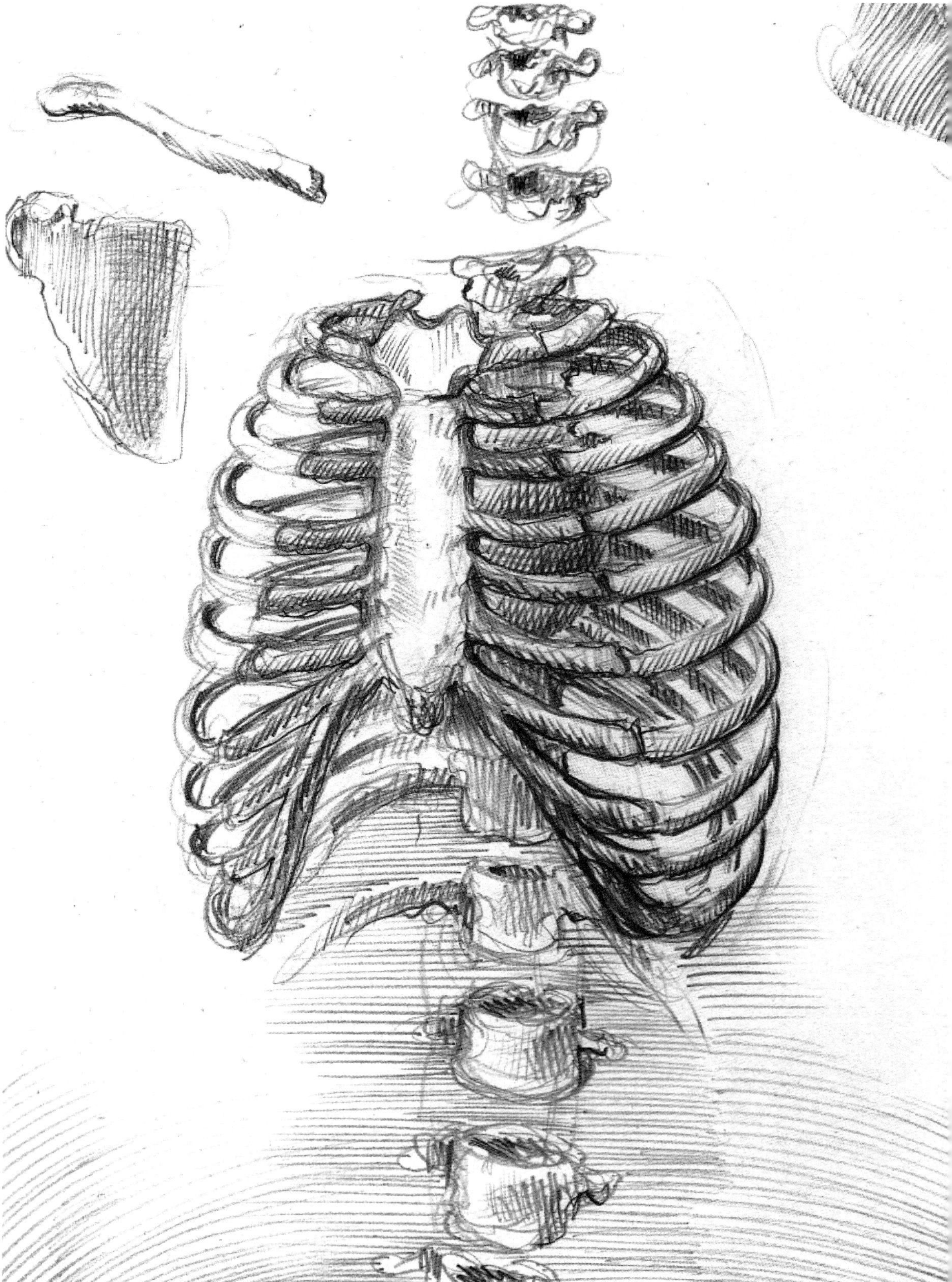

onde eu fora através de narração, e tudo isso sem aumentar em um centavo o cachê acordado.

Acho que se alguém me entrevistasse durante o tempo necessário, fazendo as perguntas certas, seria possível entender perfeitamente o fenômeno, mas isso ainda não aconteceu; nos outros programas de televisão as pessoas preferem me fazer perguntas como quantos faróis existem em São Paulo, ou quantos deles estão vermelhos agora, ou o que está dentro dessa caixa, e dessa outra, e dessa. Depois que consegui dinheiro parei de ir a programas de televisão e fiquei até mesmo um pouco isolado, frequentando apenas amigos muito fiéis, porque, como a minha habilidade me impede de mentir, eu vivo sujeito a todo tipo de constrangimento (quer dizer, não é que ela me impeça de elaborar e de afirmar mentiras, mas me impede de responder mentindo a uma pergunta, o que torna a mentira impossível). A descoberta de o quanto não poder mentir atrapalha um ser humano em todos os aspectos da sua vida é algo que, mais talvez do que o dom de dizer verdades (talvez não: com certeza), mudou inteiramente a minha percepção do mundo e de mim mesmo, não apenas porque não se pode responder "jamais" quando uma mulher suspirante lhe pergunta se você acha que vocês vão envelhecer juntinhos e ter filhos, mas principalmente por não poder mentir à pergunta mais inocente que um desconhecido faz a outro: "como vai?".

Há coisas que eu preferia nunca ter respondido; inúmeras. Por uma ideia muito infeliz, me colocaram para responder perguntas da plateia; um homem me perguntou se a sua esposa era fiel, minha resposta resultou em assassinato. Depois desse episódio parei gradativamente de ir à televisão, indo a uns últimos programas para não dar a impressão de uma retirada abrupta, embora os convites, é claro, tenham diminuído depois disso, e houve o tempo em que as pessoas me olharam na rua com pena e até mesmo hostilidade, mas felizmente as memórias são curtas. Não passa semana, no entanto, sem que alguém me reconheça. Outra dia me perguntaram se deus existia, e eu disse, sem hesitar: "ninguém jamais saberá".

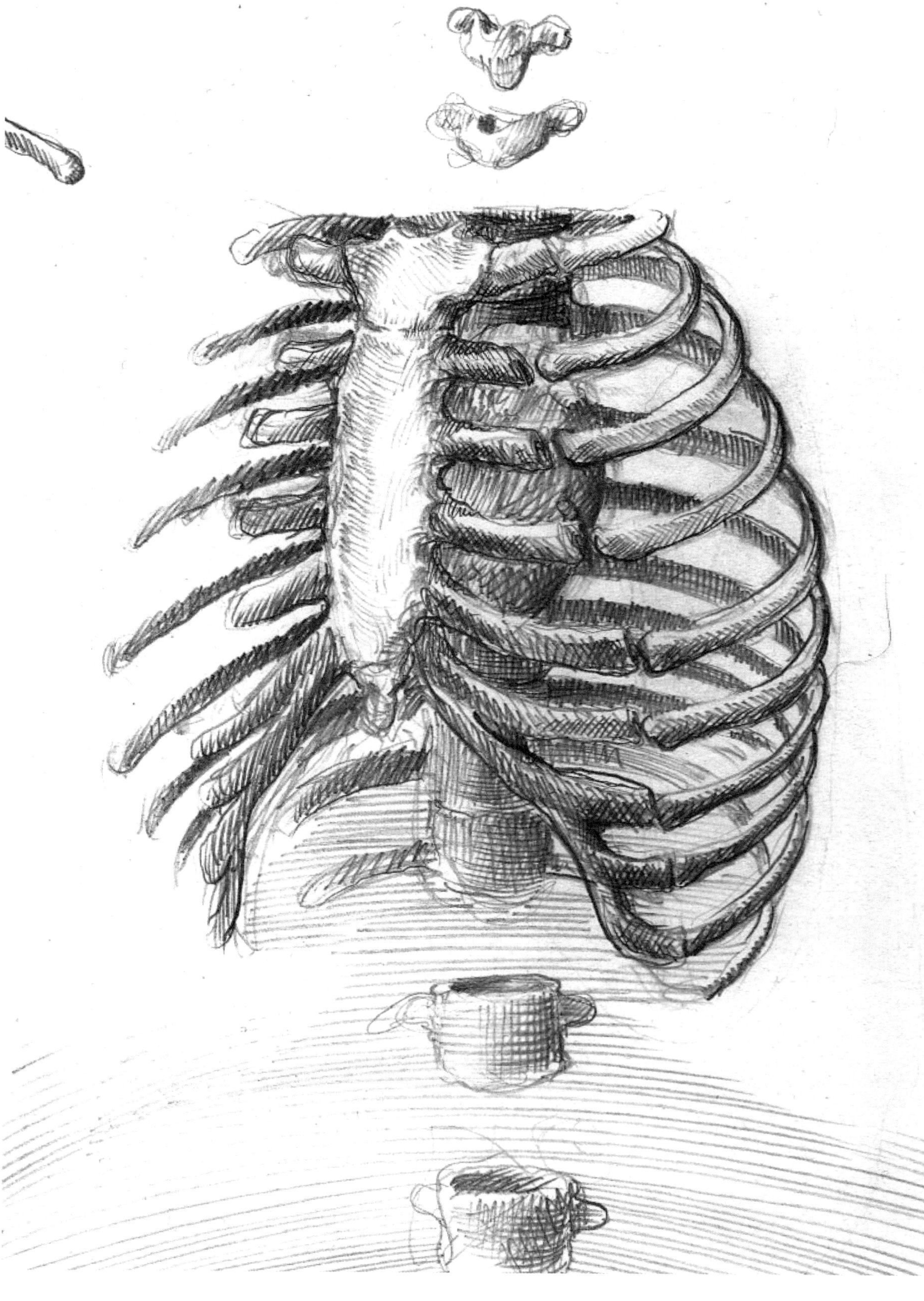

MEU BICHINHO

Ele apareceu filhote aqui em casa, e eu não tinha como saber exatamente o que iria se tornar. Todos os filhotes são bonitinhos, e o rabo, seu elemento mais ameaçador, só apareceu depois. Seu rosto, que sempre foi humano, desenvolveu-se no ritmo do corpo de felino, e rapidamente eu entendi que ele não seria capaz da fala ou do raciocínio. Com apenas um ano de idade o rosto já era o de um homem de trinta anos, gozador e feio. Os dentes afiados (duas fileiras paralelas, em cima e em baixo, como em um tubarão) também já estavam plenamente desenvolvidos, o que me levou a tirar a sua cama da sala e colocá-la no quintal. Apenas com dois anos de idade o tufo de pêlos do rabo caiu, revelando a ponta venenosa de um escorpião, e a partir daí comecei a brincar com ele apenas depois de alimentá-lo à distância segura de uma vara comprida que parafusei ao cabo de uma panela. Ele nunca tentou me picar ou me morder. Uma vez mordeu meu cachorro, uma mordida superficial, mas que o matou em menos de meia hora, me fazendo acreditar que não é apenas o seu rabo de escorpião que contém veneno. Desisti de ter outros bichos. O amplo quintal da minha casa ficou só para ele.

Apesar do rosto feio e sarcástico, não é possível negar que ele tenha beleza: o corpo felino, a juba de leão avermelhada, e mesmo a casca do rabo de escorpião refletindo a luz do sol. Minha irmã fica dizendo que eu tenho que me livrar do animal; seu principal argumento é o risco de uma criança entrar no meu quintal atrás de uma bola e acabar sendo dilacerada pelo bicho. Ora, esse é um argumento muito alarmista: em primeiro lugar, as crianças não devem ficar soltas por aí, pulando os muros alheios; em segundo lugar, há muitas coisas nos quintais de pessoas que podem matar crianças desavisadas: motosserras desprotegidas, sacos de fertilizante tóxico, cães de guarda... Não é preciso que um animal misterioso surja para que uma criança morra em suas mãos. Depois, eu não posso guiar as minhas decisões pelo zelo com crianças hipotéticas, filhas de hipotéticos pais descuidados que ainda deixam seus filhos brincar na rua em uma cidade como a nossa. Nesse caso, se a criança morrer nas mãos da minha fera, pelo menos terá uma morte original e verá antes de morrer algo que quase ninguém viu, melhor do que o para-choques de um carro, por exemplo.

Minha irmã não fala mais comigo e deixou de frequentar a minha casa, o que me deixa triste, porque temos muitos temas de interesse em comum e a conversa entre nós sempre fluiu agradável. Eu tenho certeza, no entanto, de que não é o rabo reluzente de escorpião, nem as garras negras, aquilo que a perturba no meu bicho. É o seu rosto. Esse rosto magrelo e maroto, de quem sempre está adivinhando no outro o pior tipo de pensamento. Nesse rosto, por ser humano, a minha irmã não para de identificar todo tipo de opinião, de sentimento e segredo. Não importa que eu repita incansavelmente que é uma fera e apenas uma fera, que jamais deu sinal algum de inteligência e que às vezes, por razões inexplicáveis, ele se espoja nas suas próprias fezes, que faz truques por carne fresca e que tem medo do barulho da máquina de lavar; ela continua a acreditar firmemente que, se o animal quisesse, ele falaria conosco, e que se não fala é porque está se aproveitando da situação e planejando para mim coisas terríveis. Minha irmã não consegue, aparentemente, conceber a pureza da bestialidade habitando um rosto de gente. Pobre irmã... É uma idealista.

O RESPEITO À DIFERENÇA

Sou muito, muito pequeno, e ninguém dirá que essa característica não foi, e é, determinante em todos os aspectos da minha vida. Sou tão pequeno que minha mãe não soube que estava grávida, apenas soube que era mãe em uma circunstância que tenho vergonha de contar; meu nascimento, acidental e sem aviso, que poderia simplesmente ter passado despercebido se ela não enxergasse tão bem. Talvez eu realmente não devesse existir; na natureza eu não teria chance alguma, apenas um conjunto de fatores muito específico (chamem isso de sorte se quiserem, vocês não estão na minha pele) me permitiu chegar à idade adulta – primeiro uma mãe que enxerga tão bem, depois, ter irmãos bem mais velhos do que eu, que tiveram desde o primeiro momento a séria dimensão da minha fragilidade (a brincadeira mais inocente de um bebê normal poderia ter me assassinado nos primeiros anos de vida). Em qualquer outro contexto, em outros tempos, eu teria sido um segredo dos meus pais, talvez apenas da minha mãe, talvez de ninguém; um fenômeno que acontece para si mesmo, o galho que cai no bosque deserto e que ninguém dirá que caiu. Vivemos, no entanto, na sociedade do cuidado, em que minha vida é tão sagrada quanto qualquer outra. Vejam, eu não sou defeituoso, não sofro de nenhum dos fenômenos já catalogados pela Medicina, meus bracinhos, minhas perninhas e meu tronquinho são perfeitamente proporcionais entre si, e embora, segundo os médicos, os meus pulmões não devessem funcionar de tão pequenos, o fato é que eles funcionam. Eu tenho, no entanto, que ser deficiente, porque não existe lugar para mim na sociedade a não ser nessa condição, a rês mais fraca que essa manada singular agora resolve envolver e preservar. Não é que eu me aproveite disso tanto assim, sou pequeno demais para dirigir um carro, o que exclui o privilégio das vagas exclusivas, e a prudência me ensina que o melhor é não sentar nas cadeiras especiais do metrô – as pessoas grandes já não se vêem umas às outras, ninguém vai me salvar de morrer sufocado pelas nádegas de um passageiro e depois ser varrido para o lixo –, mas aceitar a condição de deficiente é o que me permite trabalhar, graças aos sistemas de cotas adotados por algumas empresas. Invisto quase todo o meu dinheiro em alavancas e garras hidráulicas feitas sob encomenda que me permitem manipular objetos grandes, como aparelhos de som e enciclopédias.

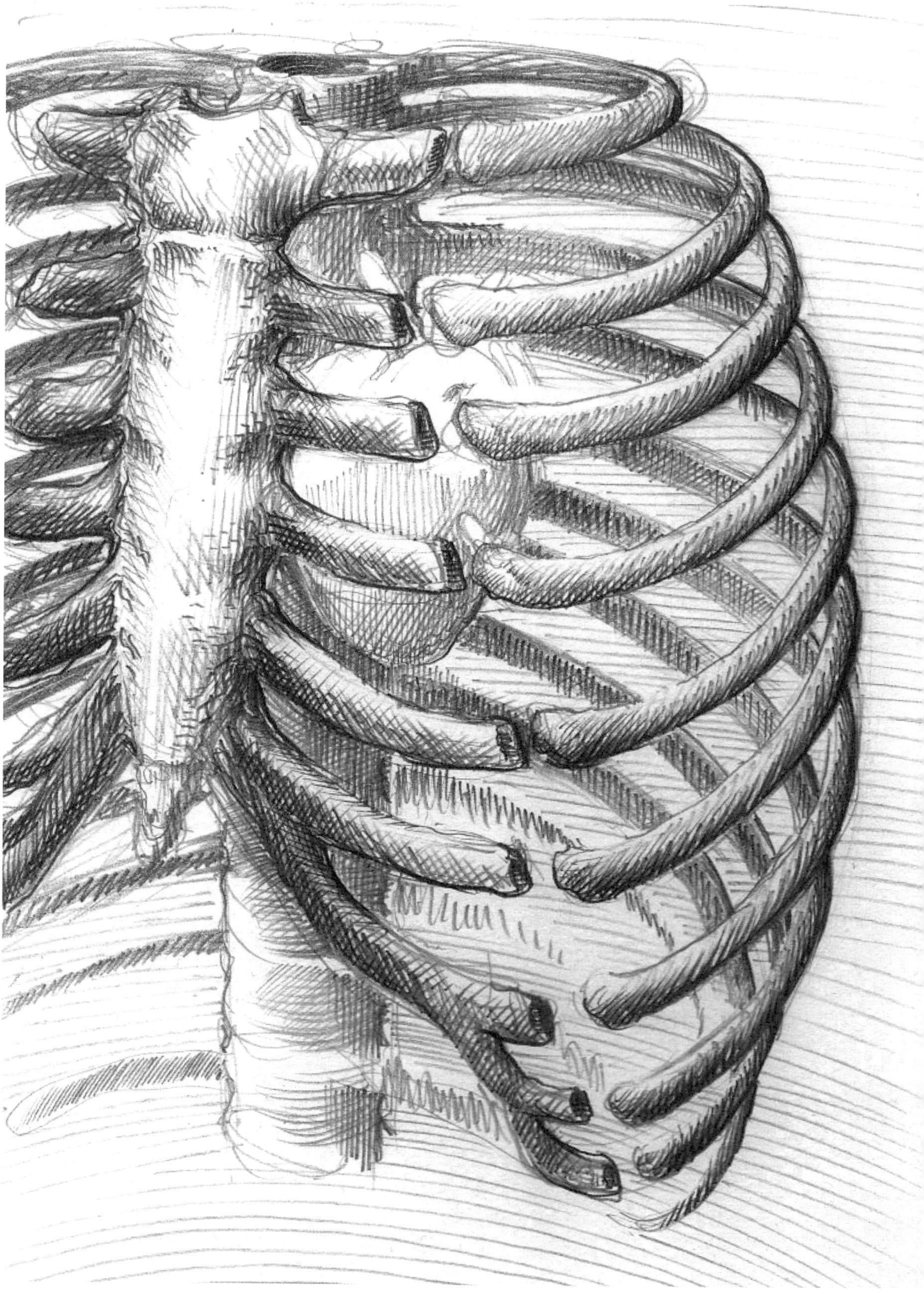

Não sou feliz; talvez ninguém seja, mas isso não me serve de consolo. Trabalho em casa e sou muito sozinho, porque a voz humana normal fere meus ouvidos e o hálito das pessoas faz arder os meus olhos. Gostaria de amar uma mulher, se houvesse uma do meu tamanho, mas tentar sequer uma relação sexual, sendo eu pequeno como sou, seria algo arriscado e repulsivo. Todas essas limitações me deixam muito tempo para pensar, e gasto esse tempo com duas fantasias igualmente improváveis. Na primeira eu me descubro um estrangeiro, vindo com certeza de Liliput; volto à minha terra coberto de honras e ali eu sou um homem alto por quem as moças suspiram. Na segunda fantasia eu sou um herói solitário: toda a cidade à minha volta morreu, eu domino o grande rato negro (minha relação com os ratos, o terror que sempre me inspiraram, é um capítulo à parte, um romance), líder de todos os ratos, senhor do exército dos ratos, exímio caçador de baratas; montado no grande rato negro eu subo até a testa do mais alto entre os cadáveres sentados no metrô; dali eu observo o meu império e, tranquilo, digo aos meus comandados que devorem os gigantes antes que apodreçam, eles que já não me inspiram medo nem inveja.

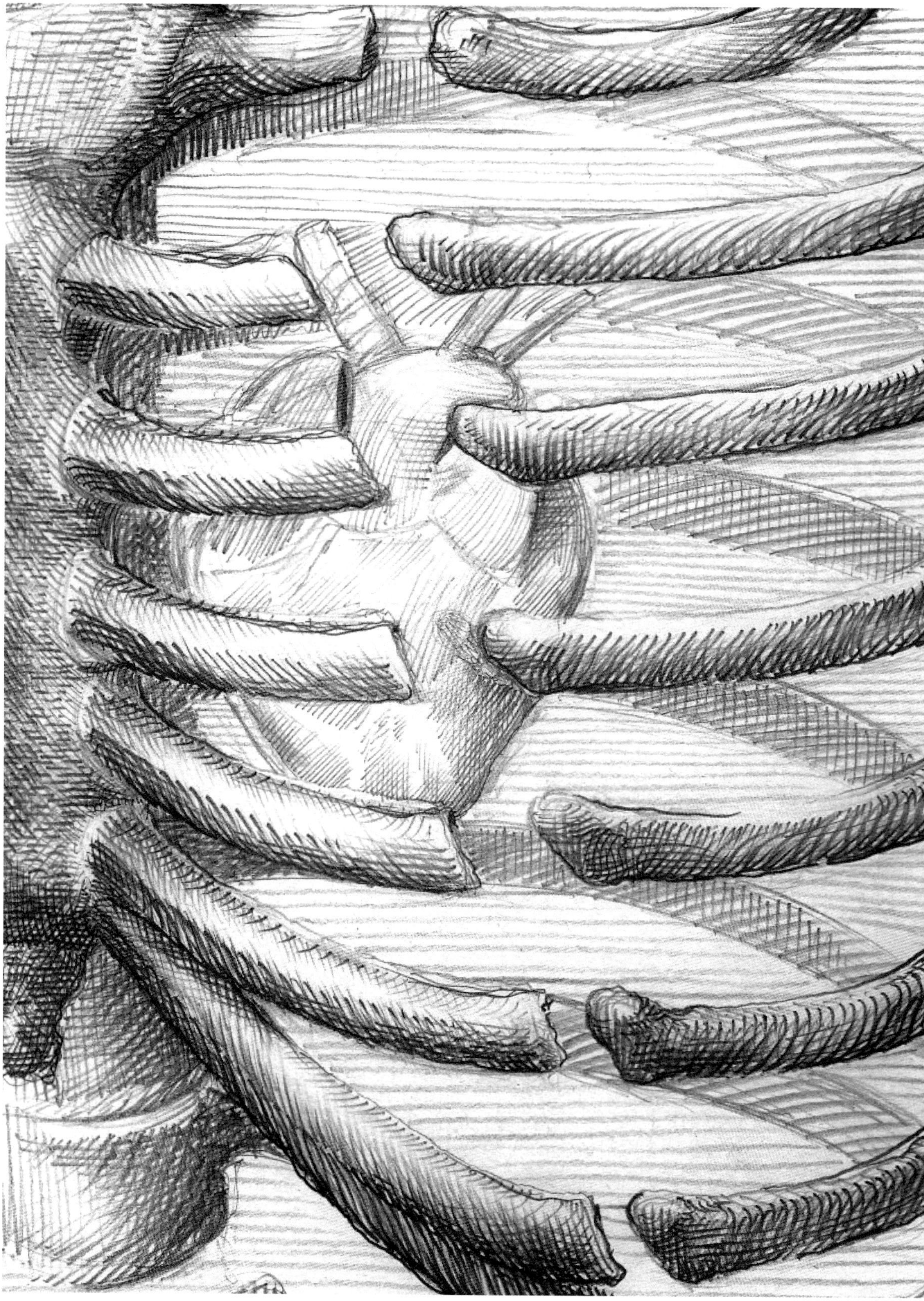

UMA REESTREIA

A plateia estava cheia, mas as cadeiras extras que colocamos não seriam necessárias; a bilheteira já nos tinha avisado, e, por isso mesmo, a maneira como eles entraram deixou ansiosos a todos nós que esperávamos o terceiro sinal, batendo o texto, fumando ou terminando a maquiagem. Era um silêncio tremendo, parecia uma plateia inteira de completos desconhecidos, nem risada, nem pedido de licença, nem o som habitual de celulares sendo desligados. Alguém quis enfiar a cara através da cortina, mas nós impedimos, em nome do profissionalismo. O espetáculo começou como o esperado; alguém, mais desatento, comentou nos bastidores que a plateia estava ótima, mas a maioria de nós a estava achando sinistra, porque parecia sobrenaturalmente afinada, entre si e com o espetáculo, mas mais entre si. Uma vibração compacta e contínua emanava daquela escuridão que há diante do palco; nas nossas pausas, sentíamos que a plateia respirava em uníssono, não com força, mas com convicção. No único alívio cômico da peça ela riu inteira, e nas deixas certas, como só nos sonhos de um dramaturgo, e antes mesmo que o clímax se anunciasse já estavam todos de coluna ereta, sentados nas pontas das cadeiras. Quando o espetáculo terminou, a cortina se abriu e, antes que pudéssemos dar um passo, a plateia inteira se levantou, se curvou diante de nós em reverência e deixou o teatro de maneira objetiva e organizada, como quem ensaiara a vida inteira.

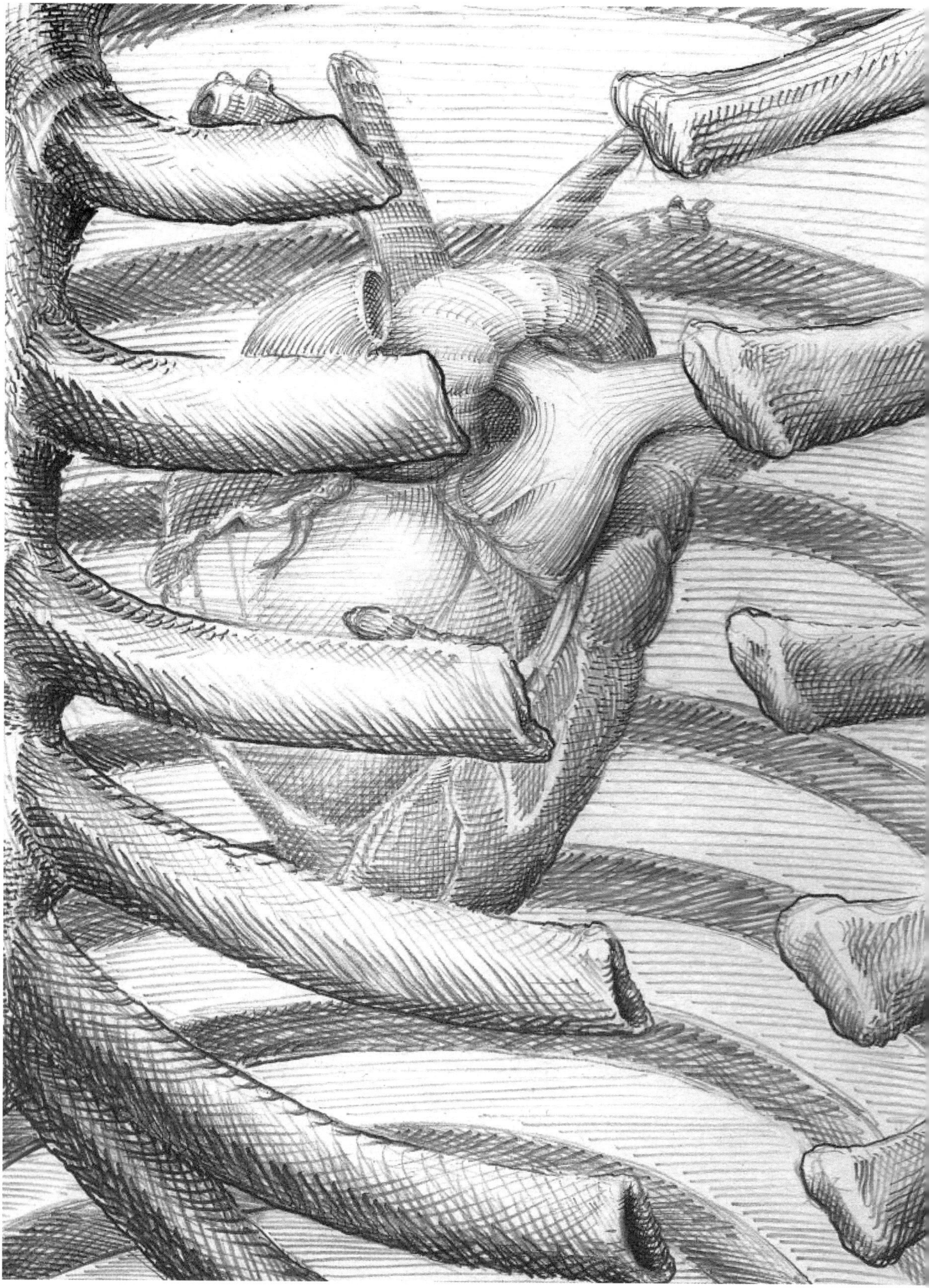

A MINERADORA

A coisa, como foi amplamente divulgado, começou quando uma equipe de mineração perfurava o solo em busca de depósitos de substâncias lucrativas. A perfuratriz, no meio do esforço regular de penetrar naquele tipo de solo, avançou dois metros de um só tranco sem nenhum impedimento, como se tivesse encontrado de repente uma caverna, e, em seguida, ao invés de voltar ao ritmo normal, seguiu perfurando muito rapidamente, como se o chão da caverna não fosse feito da mesma rocha que o teto e que toda aquela região, mas de alguma outra composição mais macia, como o solo enriquecido pelo elemento mole da vida (também não tão mole a ponto de não se fazer sentir pela broca magnífica da perfuratriz), coisa muito estranha, enfim; não tanto, por enquanto, a ponto de causar estupefação em nenhum daqueles experientes profissionais. Pararam de perfurar e desceram uma ferramenta de colher amostras; esta voltou cheia de uma substância misteriosa, uma espécie de melaço vermelho intenso com um cheiro familiar, ferroso, inadmissível no produto de uma escavação mineradora. Mandaram ao laboratório e a resposta demorou a chegar porque, dizem, o químico do laboratório privado não quis acreditar no que viu e mandou secretamente uma pequena amostra ao colega da universidade pública que, por sua vez, atônito, mandou metade da sua amostra à universidade de um país desenvolvido; apenas quando esta confirmou as suspeitas iniciais do químico do laboratório privado, o homem teve coragem de mandar o resultado à mineradora: o tal melaço era mesmo sangue. De fato, quando o resultado dos exames chegou, a amostra original, deixada em temperatura ambiente, já não era mais líquida e já tinha mudado de cor, coagulado.

A companhia mineradora fez o que pôde para manter a maravilha em segredo – é claro, não se divulgam as maravilhas antes de se ter-lhes descoberto a utilidade econômica e definido estratégias viáveis de as explorar –, mas esbarraram em algumas dificuldades. Em primeiro lugar, havia o mistério em si e em quanto ele superava os conhecimentos normais de uma companhia mineradora. Depois, os químicos das duas universidades, a nacional e a estrangeira, que não estavam dispostos a deixar passar o caso que, além de em si mesmo excitante, podia (quem sabe) catapultá-los a papéis protagonistas, a Nobéis, palestras bem pagas e tapetes rubros. Durante um mês, sem que os executivos da mineradora tomassem conhecimento, os três cientistas trocaram entre si um sem número de e-mails e telefonemas cada vez mais tensos; o pobre químico do laboratório privado apelou para a solidariedade dos colegas; "eu sou um simples funcionário", argumentou, "e enviar a amostra foi uma incorreção, isso aqui é um laboratório privado que a mineradora contrata, sei lá eu com que cláusulas de segredo; me ligaram lá em casa às nove da noite, imaginem, pra me dizer o quanto era importante que eu não contasse nada a ninguém, e vocês me exigindo explicações, isso é lá com eles, eu não sei nada, eu sou um simples funcionário". Claro que estou dramatizando um pouco, eu não estava lá, na privacidade do laboratório do homem, mas é nessa situação que o imagino. Acabou sendo demitido, coitado. Dizem que vai vender uma entrevista. De qualquer maneira, cometeu a imprudência de, desde o primeiro momento, revelar a localização da frente de mineração, ficando em total desvantagem na manutenção do segredo. O químico estrangeiro, que não era acostumado a tanta procrastinação, acabou emitindo um ultimato: ou o químico do laboratório privado encaminhava à companhia mineradora um enfático pedido para que se anunciasse de uma vez o prodígio, ou ele mesmo o anunciaria, publicando o relato, os e-mails e os resultados dos testes em conhecida revista científica. O pobre homem não se decidiu. Um arquivo em .pdf com esse artigo pode ser encontrado facilmente nas ferramentas de pesquisa especializada disponíveis aos acadêmicos, e o seu resumo (que usei como base para contar esse início de história) foi reproduzido por centenas de veículos. A reação inicial do presidente da companhia mineradora foi mandar fechar o sítio com guardas, arames e cães raivosos, mas alguém, talvez um jovem e ambicioso estagiário, propôs que não se fizesse isso sem a formação de uma equipe interdisciplinar: "já que não se podia retornar ao segredo perdido", deve ter dito, "que a gente não vá passar por autoritário: organizemos nós mesmos a descoberta do segredo, substitui-se a exclusividade pela liderança, o clima vai estar amigável, nós teremos a oportunidade de pôr os contratos em termos vantajosos e ninguém vai nos colocar o dedo na cara pra nos acusar desse crime, tido cada vez por mais terrível, de sonegar informação ao mundo". Foi feito assim.

Eu mesmo só entrei em contato com a situação nessa etapa, como parte da equipe responsável pela logística, ou seja, pela organização que tornaria possível um empreendimento que nem sequer sabíamos ainda qual era. Era consenso, no entanto, que devia haver alguma coisa lá embaixo que era viva e capaz de sangrar e que, se a primeira perfuração já não a tivesse matado, deus nos livre, devia ser preservada de novos ferimentos. Colocou-se então a questão de como investigar o fenômeno; a caverna estava sob a terra, não havia entrada natural e estava descartado o uso de explosivos ou de máquinas pesadas. Cada um de nós fantasiava, mas, além daquelas formuladas em tom de piada, só os biólogos arriscavam hipóteses.

O que sabíamos? Era claro que a criatura era muito maior que um homem: a broca sozinha tinha a largura, digamos, de um fusca colocado na vertical, e tinha trazido um jorro de sangue em vez de uma criatura esmigalhada, ossos partidos colados a fluídos e tecidos, fazendo parecer razoável a suposição de que tinha penetrado na imensa artéria de um ser inimaginavelmente imenso – torcíamos, na verdade, para que fosse realmente imenso, porque quanto maior ele fosse, menor teria sido o prejuízo. Coisa que me divertia, àquele momento, era comparar as conjecturas dos biólogos às dos malucos de toda espécie que enchiam os noticiários e as imediações do sítio de mineração. Enquanto as dos segundos tinham aquele sabor quadrinhesco, que arranca um sorriso complacente de qualquer cidadão esclarecido (dinossauros escondidos em cavernas profundas, seres intraterrenos que, na realidade, foram quem deu de fato vida à humanidade, e até mesmo o coração da própria Terra, finalmente revelada como entidade biológica, que estávamos nos arriscando a matar), as dos segundos eram todas terrivelmente complicadas, talvez para, mesmo com todos os avisos, exigidos pelo rigor científico, de que se tratavam somente de conjecturas, lhes dar maior aura de legitimidade: uma criatura-bolha que extraísse o ferro das rochas, o oxigênio da água e a energia do calor das profundezas, ou uma colônia de bactérias que, por processos só muito imaginativamente possíveis (que me explicaram à exaustão, mas que já esqueci) sintetizasse essa substância tão parecida com sangue. Todas as hipóteses caíram por terra, no entanto, quando novos exames foram feitos e o DNA do sangue minerado foi analisado em cada hélice sua: era animal, mamífero, e incrivelmente próximo do humano. Dizer assim, "incrivelmente próximo do humano", pode surpreender à pessoa menos informada, mas até eu, que sou um simples engenheiro (e talvez um mau engenheiro), sei que isso pode não significar muita coisa quando os mesmos exames revelam o quanto somos próximos de uma criatura insignificante como o rato, animal sem higiene e incapaz de se igualar mesmo ao pior dos engenheiros. Mas é claro que a declaração fez deliciosas manchetes e acendeu ainda mais a curiosidade, nossa e do mundo, incentivando a companhia mineradora a pôr dinheiro em moderníssimos aparelhos, radares, sonares, raios-X e termovisão, com que tinham esperança de finalmente ver sair um coelho desse mato.

Me lembro com clareza do dia em que os primeiros resultados saíram. O burburinho tomava conta de todo o complexo do sítio de mineração; ninguém além dos cientistas sabia de nada, e a expressão que se ouvia em todo canto era: "o que será?". Com minha prerrogativa de chefe de um dos setores da logística e um pouco da cara de pau que é tão necessária à vida, entrei na sala fechada. Os resultados tinham sido impressos e estavam colados às paredes; alguns eram apenas rabiscos em gráficos misteriosos, mas em outros era possível distinguir com perfeição, mesmo que aos fragmentos (porque a área testada era muito grande e não cabia em uma só imagem), um corpo humano completo. A sala estava em silêncio e eu, é claro, me uni a ele; como todos os presentes fiquei boquiaberto, parado de pé, olhando as imagens nas paredes. Na minha mente eu comecei a fazer contas. Não sou biólogo, mas as leis físicas que governam as coisas vivas não são diferentes das que governam as vigas de um prédio, e os materiais que servem para fazer pequeninas estruturas não são os mesmos que servem para fazer estruturas gigantescas, não, pelo menos, se elas tiverem o mesmo desenho, e essa é a razão pela qual não poderia existir um homem de quilômetros de altura. Isso está escrito nos *Discorsi e Dimostrazioni Matematiche intorno a Due Nuove Scienze,* de Galileu Galilei, e é o tipo de coisa que os reitores das universidades públicas acreditam que um aluno deva sair sabendo do Ensino Médio.

No entanto estava, ali, contra todas as leis da física, à nossa frente, a prova da existência de um homem gigante. Como, é claro, todos estávamos pensando a mesma coisa, não demorou muito para que alguém a dissesse. Pelo efeito de escala, o gigante jamais poderia ficar de pé sem que os ossos dos membros inferiores se rompessem e toda a estrutura viesse abaixo, derrotada pelo seu próprio peso, e, mesmo que seus ossos fossem de alguma liga desconhecida, o desafio de bombear o sangue até a altura de uma montanha era algo que dificilmente se poderia resolver com a estrutura de um corpo humano. Alguém sugeriu que talvez fosse por isso que o tínhamos encontrado deitado; outra pessoa deu risada. De fato, de que valeria a um ser uma forma que lhe é inteiramente inútil? Por que um ser que rasteja seria organizado em cabeça, coluna, dois braços e duas pernas? Além disso, mesmo deitado como ele estava era difícil acreditar que suas vértebras não se esmigalhassem contra as rochas e que suas imensas costelas não desabassem sobre seus pulmões.

Foi pedido a mim que, já que tinha invadido assim a sala, mantivesse a boca fechada enquanto não resolviam o que fazer; não era bom, eles disseram, anunciar a descoberta antes de achar uma maneira de ter acesso direto ao gigante, para que fosse possível tocá-lo, tirar-lhe amostras e fotografá-lo com cores mais nítidas. Aceitei, mas em troca de poder ser informado do andamento do processo. Eu teria me oferecido para integrar a equipe, fazendo cálculos para determinar a resistência da rocha, a possibilidade de uso de explosivos etc., mas, como eu disse, eu talvez seja um mau engenheiro e minha vida tomou outros rumos; minha função naquele empreendimento era garantir o fluxo dos víveres e equipamentos, o pagamento dos fornecedores, a organização da escala das entregas. Me contentei com essa intimidade com a equipe, meio comprada pelo segredo e meio conquistada pela convivência, que me permitia ficar sabendo das suas polêmicas e indecisões. O problema era como remover toda a rocha que cobria o gigante sem matá-lo. A humanidade desenvolveu todo o tipo de máquina maravilhosa para triturar as pedras e abrir a terra em toda variedade de ângulos, para toda variedade de terreno, mas nenhuma delas primava pela sutileza e o detalhe; nunca havia sido preciso abrir a terra, afinal, com cuidados de quem abre a caixa torácica de um cardíaco ou, melhor ainda, como a cesariana abre um ventre. Por não chegarem a conclusão nenhuma, concluíram que era preciso, dobrando-se à complexidade do problema, dividir a equipe em duas; a primeira continuaria pesquisando uma maneira de trazer à luz o monstro, enquanto a segunda decidia o que fazer enquanto isso. Era preciso, disseram, pelo menos arranjar uma maneira de acompanhar em tempo real a criatura. Em primeiro lugar, porque teriam aí algo de mais consistente para apresentar à opinião pública do que imagens que, não obstante fossem verdadeiras, qualquer adolescente poderia ter produzido no *Photoshop*. Em segundo lugar, porque aí seria possível definir se a criatura estava mesmo viva e, se não estivesse, dar prosseguimento às explosões sem cuidados tão cansativos. De posse da topografia do gigante, furaram uma série de dutos estreitos, o mais próximo possível sem o ferir, ao redor de todo o corpo, de forma que as estacas brancas que marcavam os furos davam a impressão, vistas do alto (era comum usarmos helicópteros para sair e voltar para sítio) de serem aquela silhueta de giz que, pelo menos nos filmes, assinalam os locais de assassinatos. Nesses dutos foram instalados dois tipos de aparelhos, os de ultrassom, para que fosse possível enxergá-lo, e um solitário microfone de última geração, exatamente sobre o ponto que se estimava ser o mais próximo do gigantesco coração. Era tudo muito engenhoso. O microfone e o ultrassom se alternariam em ciclos para que o segundo não interferisse no funcionamento do primeiro. A bióloga, premiadíssima, que era uma das chefes da equipe interdisciplinar, chegou a me cumprimentar com um beijo no rosto na manhã do dia em que os aparelhos seriam ligados, ela que eu imaginava não gostar de mim.

Meu trânsito entre os verdadeiros exploradores dessa aventura não era tanto a ponto de eu estar na sala em que o sistema foi testado pela primeira vez. Naquele momento, inclusive, eu tivera de sair do local para resolver um pepino com a nossa fornecedora de papéis que, entre os papéis de toda sorte que encomendamos, as folhas sulfite em branco, as timbradas, os envelopes, os rolos de papel para fax, para sismógrafo, os de eletrocardiograma da enfermaria, mais as agendas, os cadernos personalizados com o logotipo da companhia mineradora, os calendários, enfim, entre tudo isso, tinham deixado de entregar justamente o higiênico, de todos o que mais faz falta, e, como a falha não constava do sistema de estoque deles, me vi na situação de ter que ir até lá, justo em um dia cabal como aquele. Não me teriam deixado entrar na sala para ver o teste; de todo jeito, eu teria sabido do resultado como fiquei sabendo depois. Mas não é difícil imaginar a situação: mais ou menos uma dúzia de pares de olhos ansiosos, esperando, a respiração suspensa. Parece que o primeiro ciclo era o do microfone: mais ou menos uma dúzia de pares de orelhas atentas esperando pelo bater profundo do coração do gigante, e o mesmo tanto de joelhos ligeiramente flexionados, esperando a hora de pular em comemoração à descoberta, e então nada. Nada, silêncio, vazio, sequer um chiado que os permitisse pôr a culpa no microfone de ponta que acabara de ser testado. Imagino a bióloga, de longe a personalidade mais forte de toda aquela trupe, contendo as exclamações de insatisfação e mandando que esperassem o ciclo do ultrassom, mas a imagem no monitor não exibia nenhum movimento. Alguém teve o nervo de fazer uma piada: "o bebê está morto".

Deixaram, é claro, os aparelhos ligados, se alternando em seus ciclos de grito e escuta, o computador gravando tudo e um estagiário em frente à tela. Dizem ainda que foi a bióloga quem sugeriu que não se fizesse nada antes de pelo menos um mês completo de mais investigações "não intrusivas", o que aliás era até menos tempo que o necessário para planejar a demolição de um pedaço tão grande da crosta terrestre, ainda mais com um gigante debaixo, que, mesmo se estivesse morto, não valeria nada despedaçado. Mas não foi assim. Após horas debruçado sobre o monitor passando diante dos olhos todas as imagens produzidas pelo ultrassom, à cata de qualquer alteração, o estagiário teve uma leve sensação de que o gigante se movia; não que ele conseguisse apreender o momento em que a figura humana entrava em movimento, não era *um* movimento detectável, mas a desconfiança de que, entre a primeira e a última imagem, havia alguma diferença. Ele as sobrepôs e estava ali, perceptível graças apenas ao botão do zoom, uma ligeiríssima diferença na posição do gigante. As explosões foram canceladas, para o desapontamento de alguns. Após analisar as imagens, o melhor palpite foi o de que o gigante estava trocando de apoios, se ajeitando, só que com inimaginável lentidão. Os pontos em que aquele movimento (que tinha durado, afinal, uma semana) era ligeiramente visível eram quadril e ombro, formando justamente o arco que o sustentava na posição em que estava deitado. Restava o mistério do silêncio do microfone; porque, afinal, se a própria terra faz barulho, como pode o coração de um gigante não fazer? Novamente, o estagiário pôs-se a analisar o material coletado madrugada afora e descobriu algo que, como no caso anterior, parecia não ser nada, mas que podia ser um eco. Decidiram inverter os ciclos de funcionamento dos aparelhos e descobriram, maravilhados, as duas notas perfeitamente distintas, sístole e diástole, de *um* batimento cardíaco, único e prolongado.

Pronto. A criatura estava viva. Nós, o mundo e a companhia de mineração, estávamos de posse da maior descoberta de todos os tempos. O sentimento que flutuava no refeitório era o de que cada um de nós teria emprego garantido até o fim da vida, porque aquele empreendimento deveria ser permanente, teria que ser, o gigante era uma fonte praticamente inesgotável de mistérios que prometia ocupar os cientistas no mínimo pelas próximas décadas. As instalações que a empresa mineradora construiu no lugar teriam que ser substituídas por outras, de caráter mais definitivo, e toda essa gente continuaria precisando de alguém que lhes garantisse o papel higiênico. Não havia entre nós quem não se sentisse participando de uma coisa grande. Mais tranquilos ficamos ainda quando foi anunciado o plano para se chegar até o gigante propriamente dito.

O primeiro passo era fazer uma escavação relativamente superficial, graças ao generoso limite de segurança, com máquinas pesadas tradicionais, após o que, no lugar de arrancar grandes pedaços de terra, eles lixariam o caminho até o gigante, e para isso seriam desenhadas e construídas máquinas especiais. Além disso, o trabalho seria periodicamente interrompido para a reinstalação dos aparelhos de monitoração e, digamos, uma olhada no paciente. A etapa final, na qual havia o risco do solo ceder sob o peso das imensas lixadeiras, devia ser executada pela mão humana, primeiro por pá e depois, finalmente, os dois quilômetros de altura do gigante iam ser varridos com requintes de arqueólogo. Tudo, portanto, incrivelmente demorado. Foi só aos seis meses de escavação que a equipe interdisciplinar manifestou uma preocupação: os batimentos cardíacos do gigante pareciam estar caindo. Percebam, no entanto, a dificuldade de se julgar a saúde de um ser que vive em escala de tempo quase geológica. Os batimentos estavam se distanciando lentamente um do outro desde que começaram a ser registrados, e o processo durou sete meses até o intervalo ficar superior a dois dias; mas de que medida de comparação poderiam se valer os pobres cientistas para julgar se isso era ou não normal? O gigante concluíra recentemente a transferência de peso de uma parte à outra do corpo, e parecia indicar o início de novo um movimento, talvez a partir do cotovelo. Na companhia mineradora, decidiram que, se a diminuição do ritmo cardíaco já tinha começado antes da escavação, então eles deviam continuar, de preferência em ritmo acelerado, o que é compreensível, dado o volume dos investimentos.

Ao longo da escavação, os batimentos cardíacos do gigante foram caindo cada vez mais, até a distância de uma semana (ia escrever "distância inacreditável", mas em quê um intervalo de uma semana entre os batimentos de um coração é mais inacreditável que o intervalo de um dia inteiro?); cinco anos depois do início das escavações, quando a ala sul, na cabeça, já estava na etapa do uso das pás, o coração não se fez mais ouvir. O período de monitoração foi prolongado, na esperança louca de que, dois meses depois, aquele coração ainda batesse; afinal o que haveria de mais inacreditável em um batimento entre meses que em um batimento entre semanas? Não adiantava, o gigante estava mesmo morto, seu movimento de lentidão tectônica tinha cessado inteiramente.

As imagens revelavam com clareza o gesto em que ele demorara cinco anos, o tronco se ajeitando na direção contrária da broca assassina, a mão se dirigindo lentamente até a ferida e a pressionando. Morrera, certamente, com a hemorragia interna, e levou cinco anos morrendo. É claro que não foi por isso que deixou de ser valioso, e o projeto não foi interrompido. Quando os operários com as pás revelaram seu rosto, cuja imagem o ultrassom não era acurado o bastante para mostrar, era o rosto de um homem jovem, a expressão torcida de dor.

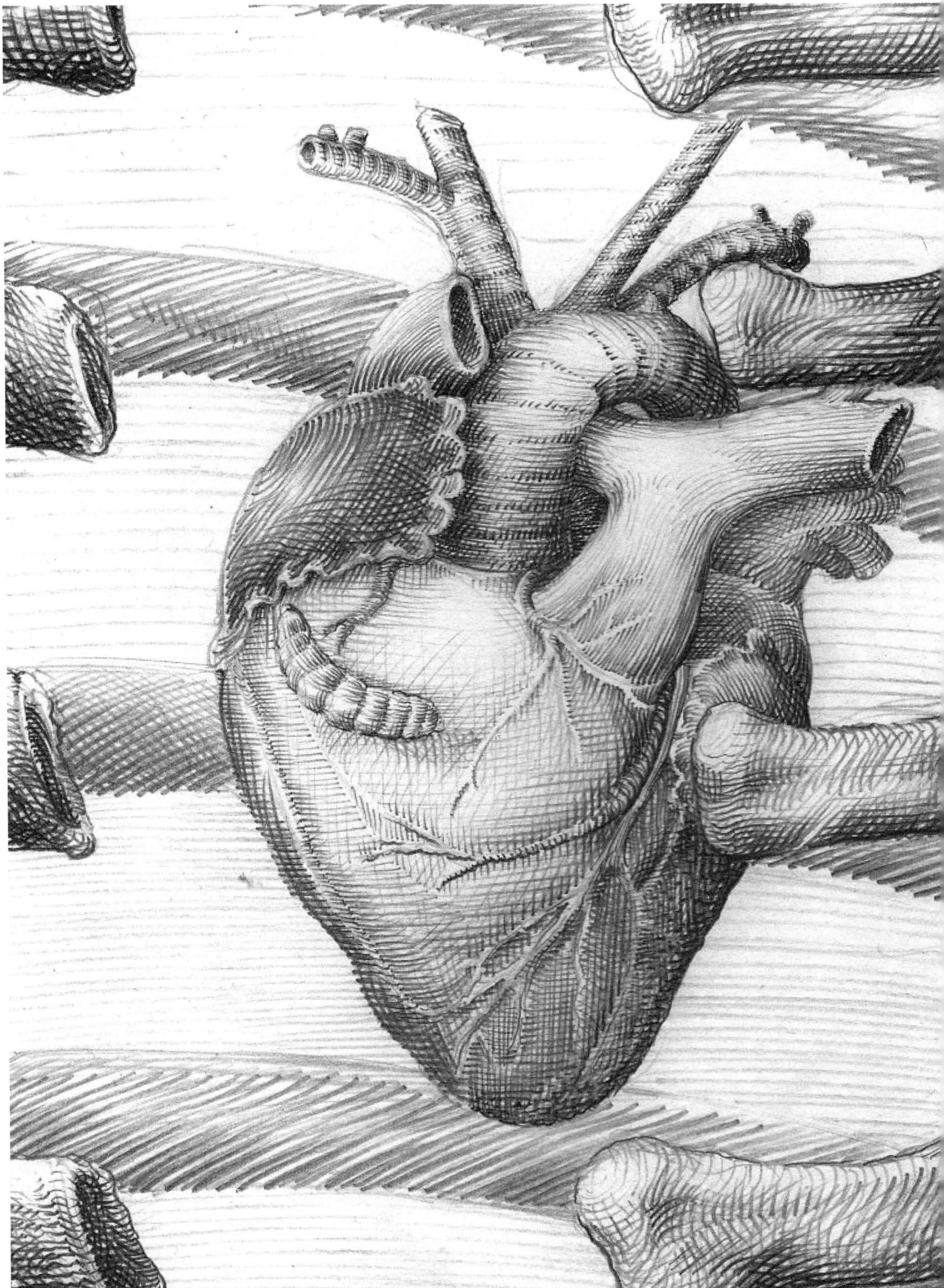

AMOR

Meus amigos, minha mãe e meu terapeuta insistem em dizer que isso é poesia, mas digo e afirmo que certas mulheres têm uma qualidade que torna os homens escravos, e que ela é uma delas. Eu calo sobre essas qualidades, à minha mãe porque não se conversa sobre essas coisas com as mães, ao meu terapeuta porque desconfio que ele seja um misógino, e aos meus amigos para não lhes despertar desejos. Poderia tentar descrevê-las aqui, mas é muito difícil, não sou escritor bom o bastante e tenho medo de ser vulgar. Como falar do jogo invencível com a beleza, de certas torções da coluna, da surpresa de uma boca te alcançando a intimidade sem aviso e nas mais inusitadas situações, enfim, como falar dessas coisas sem parecer um escritor de romances de banca de revista? Só posso dizer, em minha defesa, que é algo mais que a juventude, que a carne firme, lisa e morena (que, eu sei, um dia não será mais firme nem lisa), mais que os cabelos que ela agita quando quer me provocar ou me render. Eu não sei o que é. É o inefável.

Meus amigos, minha mãe e meu terapeuta insistem que eu devia me separar, mas são uns infelizes. Tudo porque acreditam naqueles relacionamentos de contos de fadas, nos quais o frio é sempre acompanhado de uma lareira e o calor de uma jarra de sucos, nos quais os menores problemas são resolvidos com conversas amigáveis e sinceras, no final das quais se chora de emoção e se abraça. Por essa razão eles andam sozinhos e querem espalhar a solidão. Eu nunca disse, vejam bem, à minha mãe, aos meus amigos ou ao meu terapeuta, que o nosso relacionamento era um jardim de flores; é verdade que às vezes, pela manhã, depois de me jurar amor eterno, ela me puxa pelos pêlos dos bigodes e grita nas minhas orelhas o mais alto que consegue (e que por causa disso estou parcialmente surdo do ouvido esquerdo), assim como é verdade que certas vezes ela deixa as unhas crescerem e as afia com a lixa para tirar sangue de mim, nem sempre com a minha autorização. De qualquer maneira, ela sempre consegue me explicar, depois de uma semana ou duas, o motivo por que está agindo assim, depois sempre nos entendemos. Uma vez, durante uma viagem de férias, ela teve ciúmes de uma recepcionista e me denunciou às autoridades, de maneira que eu tive que cumprir dois anos em um campo de trabalhos forçados em uma terra estrangeira, sujeito a um tratamento desumano, e até hoje tenho que me conter para não trazer essa história à tona toda vez que uma briga passa dos limites. Afinal, eu também sou ciumento; quem não é? É isso que as pessoas não entendem: a reciprocidade que existe em nossa relação. Eu digo aos meus amigos, à minha mãe e ao meu terapeuta que eu também não sou perfeito; eles balançam a cabeça em desalento.

Por causa desse tipo de atitude deixei de frequentar os natais em família e as peladas quinzenais, cansado de me justificar. Apenas sigo frequentando o meu terapeuta enquanto não descobrir de que são feitos os biscoitos que ele serve na sala de espera. Não me sinto, por isso, sozinho; eu sei que sempre a terei para lidar com advogados e credores, me dar conselhos e passar iodo nos meus cortes, à noite, enquanto vemos televisão: isso me basta.

OS INTESTINOS

Um dia inteiro com os intestinos soltos faz uma pessoa se questionar sobre certas coisas, principalmente se esse dia for um sábado e se você não estiver em cartaz. Se você estiver em cartaz, tomará maisena com limão, se apresentará diante do público e, se os aplausos forem bons, voltará para casa se sentindo melhor. Se for um dia comum de trabalho, você o passará administrando o seu mal-estar junto a outros esforços rotineiros, e provavelmente se instalará um mau-humor contínuo que não deixa de ser uma forma de resistência. Mas se o dia for de descanso, você poderá se entregar àquele cansaço mórbido de quem sente que uma parte expressiva da sua energia vital escorreu pelo vaso sanitário para colaborar com a destruição dos oceanos, aquele cansaço que é quase uma plenitude, contrastando apenas com o distante ponto luminoso que te lembra quantas coisas há para se fazer nesta semana, neste mês, nesta vida, e que te faz amaldiçoar esse corpo debilitado como o pássaro livre amaldiçoa uma gaiola, e então você vai fumar um cigarro à janela, o cigarro te piora, o cigarro também te parece uma gaiola, e de repente as roupas, o apartamento, a cidade, o Estado Nação, tudo isso são gaiolas sobrepostas, mas quando você procura compreender onde é a fronteira entre a gaiola e o engaiolado, quando você faz esse esforço tudo fica muito complicado e abstrato, o seu estômago dói, seus intestinos ficam pesados (ou presentes) e você já não pode mais se compreender sem o corpo, sem as roupas, sem o cigarro e o Estado Nação, que tudo isso somado a você seria um todo, mas aí seria preciso ainda identificar o você incrustado nessas partes, não, melhor pensar que essas são as suas partes constituintes e que você é apenas o nome que se dá ao todo, e então lhe basta agradecer o ser humano e ter o privilégio da consciência de tudo que te cerca, e ainda de si mesmo, do corpo e da morte. Esse sentimento de superioridade vai te satisfazer durante um tempinho até vir em sua cabeça, não se sabe de onde, a imagem de uma minhoca que se contorce quando é arrancada da terra; e a ideia de que se ela se contorce é porque sabe que pode morrer, e que, se ela sabe que pode morrer, então tem consciência de si mesma e do mundo. Isso te perturbará um pouco e você se lembrará que as minhocas são capazes, depois de um determinado número de choques, de aprender

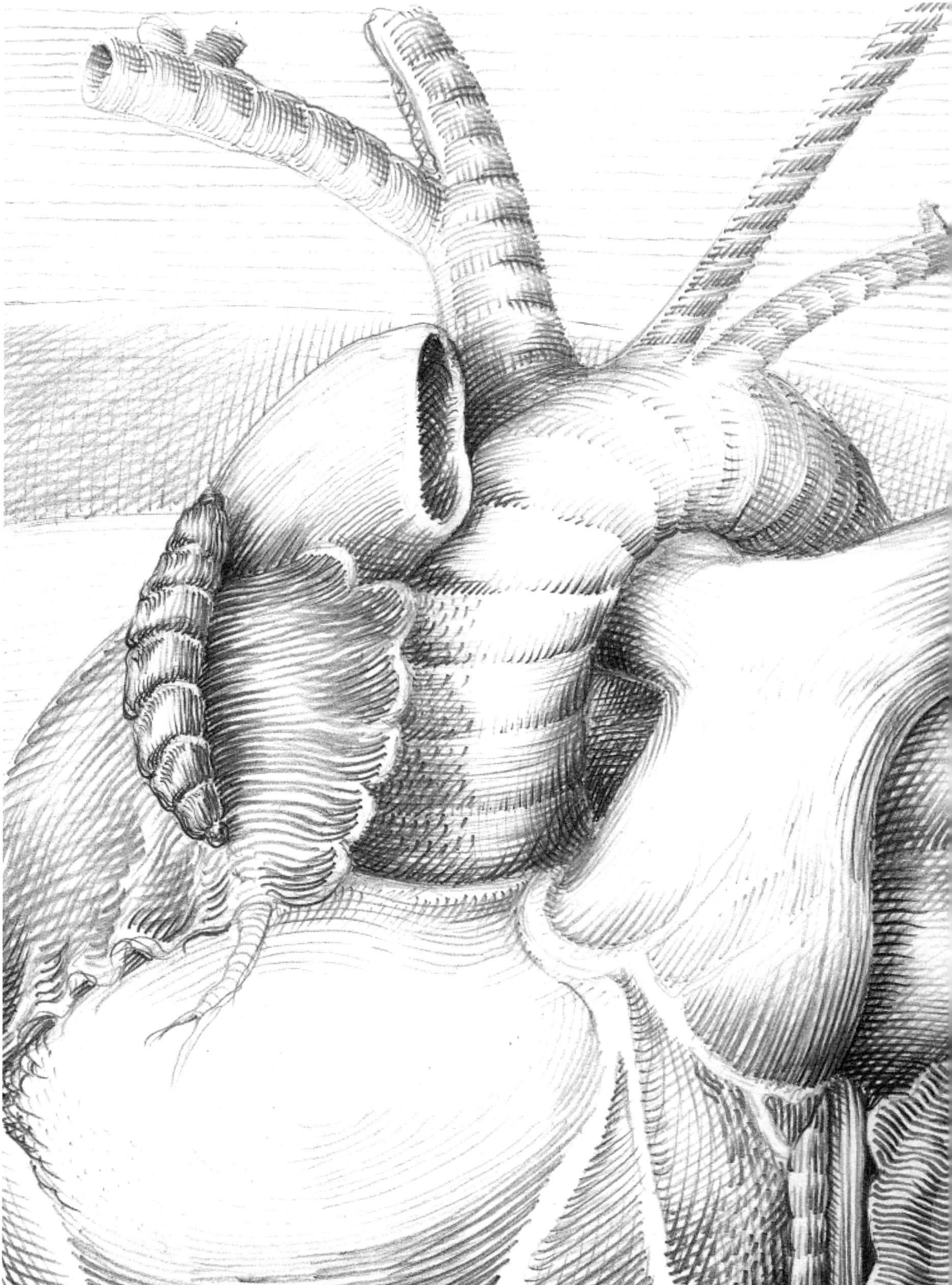

que devem evitar a superfície eletrificada. As minhocas também são capazes de associação, também elas sabem que vão morrer, e elas não precisam de roupas, de cigarros, de sonetos. Nesse momento o cigarro, que você tinha fumado pela metade e deixado no cinzeiro próximo à janela, é novamente aceso. As crianças jogam bola lá embaixo. Ontem estava calor, hoje está frio. Ainda bem que você pertence a essa raça escolhida por deus, capaz de fazer casacos de lã, capaz de eletrocutar minhocas.

A FÍSICA DAS HISTÓRIAS EM QUADRINHOS

Se eu, por acaso, sobrevivesse a estar no centro da explosão de um reator atômico experimental movido à matéria escura, ou se um animal cientificamente modificado me mordesse e infectasse com um veneno desconhecido pela comunidade médica, ou se a puberdade me revelasse uma origem extraterrestre da minha existência, enfim, se de uma hora para outra nada (além de um composto químico raríssimo ou imaginário) pudesse me atingir e destruir, então, isso é muito importante, eu sei exatamente o que não faria: sei que não vestiria um *collant* com a roupa de baixo por cima, e nem permitiria que o exército do meu país me transformasse em uma arma. O que faria com o resto da minha vida é menos certo, mas eu tenho certeza de que passaria a atravessar com muita calma aquelas faixas de pedestres sem faróis, com muita, muita calma, tranquilidade cívica de quem sabe ter a preferência, quem traz no peito e na postura os estatutos, e eu nem olharia para os lados, só atravessaria, impávido, torcendo em segredo para que viesse um carro à toda força, à toda força como um cometa para bater no meu corpo inamovível. Eu iria me livrar, diante do olhar pasmo das pessoas, do abraço da lataria, quem sabe ajeitando a gravata de maneira irônica. Anotaria o celular de alguma testemunha e então removeria, magnânimo, o motorista das ferragens, para depois levá-lo ao pronto socorro mais próximo ou então, voando sobre os prédios e as antenas, ao Instituto Médico Legal, vítima fatal da sua própria imprudência; para mim, sinceramente, tanto faz.

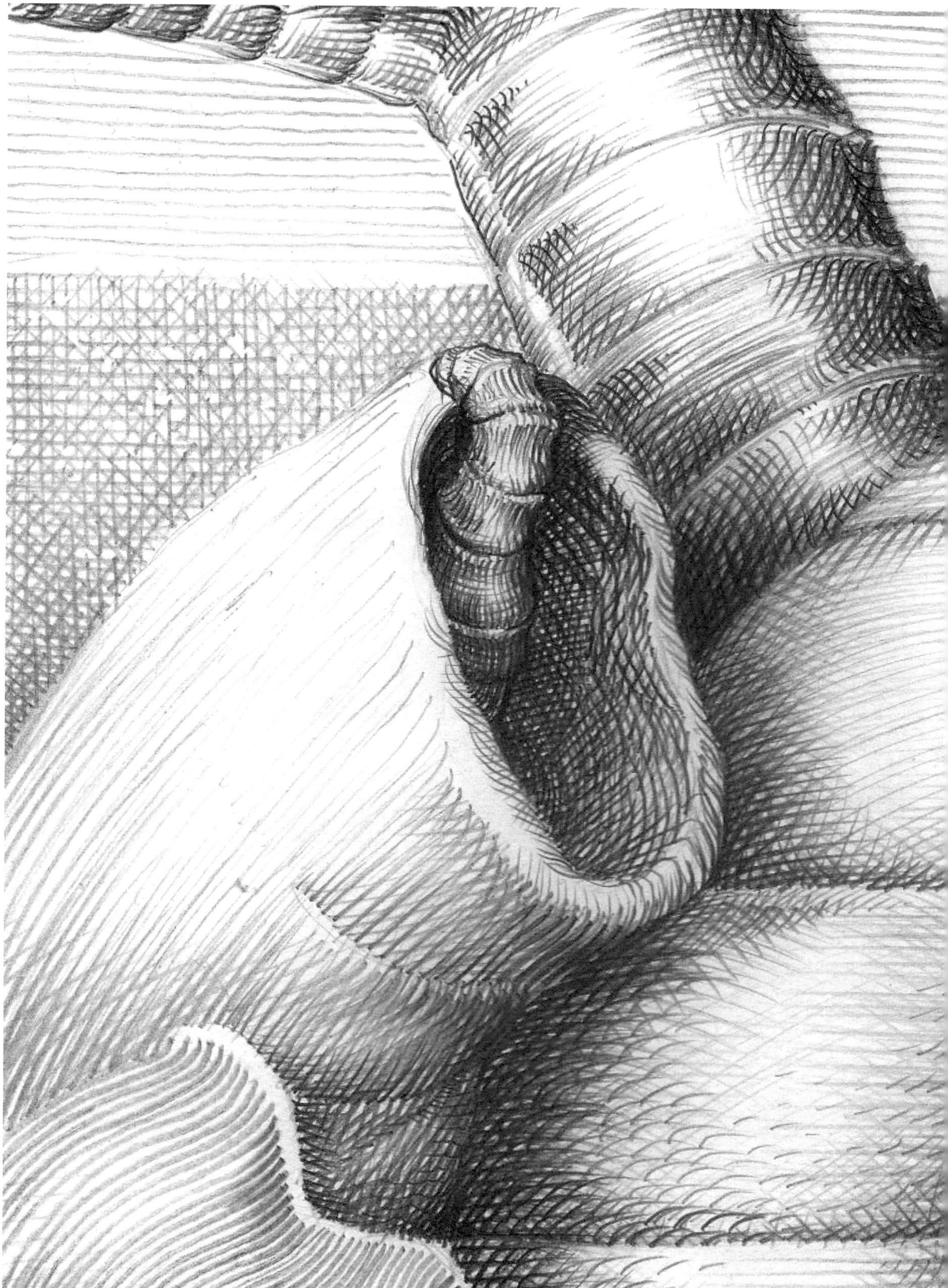

VENDEM-SE ABSTRAÇÕES

Vendo abstrações. Não as vendo diretamente ao público final – tentei isso durante um período, mas no meu país não se pode viver dessa maneira –, vendo-as a produtores dos ramos mais variados, que descobriram faz algum tempo que as abstrações fazem excelentes brindes junto a qualquer produto. O mercado em que atuo cresce exponencialmente há décadas; posso dizer até que, hoje em dia, são os produtos que acompanham as abstrações e não mais o contrário. De fato, entre dois sapatos idênticos, vencerá aquele que trouxer consigo a melhor abstração, por isso a posição que ocupo é estratégica. A característica principal do tipo de abstração que vendo é a sua fugacidade: ela não dura, por exemplo, sequer o mesmo tempo que dura o sapato; dura muito menos, e nesse meio tempo o consumidor já está namorando outra abstração, o que faz nosso mercado ser tão dinâmico.

Embora alguns dos meus colegas tentem combatê-los como concorrentes desleais, eu não temo esses outros que tentam vender abstrações em estado puro, desvinculadas de seus sapatos, perfumes e geladeiras. A abstração em estado puro pode ser mais duradoura, até mesmo eterna, mas exige do consumidor tamanho compromisso e devoção para mantê-la, e essas virtudes são tão raras hoje em dia, que, em geral, elas acabam tendo sobrevida menor ainda que as nossas (principalmente as que vendemos associadas aos bens duráveis, como carros e apartamentos). Além disso, quem consome as abstrações em estado puro raramente deixa de consumir as nossas; o que ocorre na maioria das vezes é, curiosamente, o contrário: a cada abstração em estado puro parece corresponder uma infinidade das nossas, fugazes. As pesquisas indicam que, na realidade, os consumidores entendem que a verdadeira utilidade dos objetos, principalmente das roupas e automóveis, mas também dos alimentos e publicações, não é a do seu uso imediato, mas é justamente ostentar a abstração que lhe acompanha, e as abstrações em estado puro não oferecem muita coisa o que ostentar. Então o consumidor que adquire uma abstração em estado puro deverá procurar ostentá-la ao menos em parte com alguma das nossas que lhe parecer análoga, através dos produtos dos nossos clientes. Normalmente o que acontece é que, sem nada que a sustente ou simbolize, sem nada para guardar ou do que tirar foto, a abstração em estado puro fenece esquecida em um canto. Não há, portanto, o que temer. O futuro nos pertence, com certeza.

O EU MAIS FORTE

Sou ator de teatro na cidade de São Paulo, e isso, como se sabe, é muito mais um voto que uma profissão. Em determinado momento escolhi que não aceitaria sobreviver de qualquer outra coisa, nem de dar aulas, nem de fazer comerciais, nem do Direito, nem da Engenharia, nem da Astrofísica, e menos ainda me tornando *promoter* de festas semanais. Os mais velhos dizem que antigamente eles apresentavam o mesmo espetáculo de terça a domingo; eu também me apresento de terça a domingo, mas faço isso em quatro ou cinco espetáculos diferentes para, com os rendimentos das bilheterias somados, garantir minha sobrevivência. Mesmo assim, às vezes, isso não é o suficiente, e uma vez tive que me desdobrar para fazer dois espetáculos ao mesmo tempo.

A experiência deu certo e não vi razão para não permanecer desdobrado. Assim podia dobrar minha renda. É claro que os gastos com água e alimentação aumentaram, mas o gasto maior, o do aluguel, permaneceu o mesmo, então a relação custo-benefício continuou favorável. A forte impressão que eu já causava nas pessoas pela minha antiga produtividade rapidamente se transformou em espanto. Procurava nunca ser visto comigo mesmo, o que era fácil, bastando que, antes de sair de um dos restaurantes que dão permuta aos atores, eu mandasse uma mensagem de texto avisando que esperasse para sair do outro, bem à frente. Eu me achava uma boa companhia, juntos nós fantasiávamos projetos como montar A Tempestade, de Shakespeare, conosco no papel de Ariel (o que melhor que dois atores idênticos para dar corpo a uma personagem que se move mais rápido que o pensamento?), ou um show de mágica inteiramente baseado no número do teletransporte.

Agora estou arrependido e confuso, e não sei, sinceramente, o que fazer. Meu outro eu, sem me dizer nada, conseguiu um teste para a novela das oito e obteve aprovação; vai fazer o mocinho. Fiquei sabendo através de um amigo meu (nosso?), que me parabenizou. Acredito que ele ainda não tenha saído de São Paulo: a minha única mala ainda está no armário, e as roupas

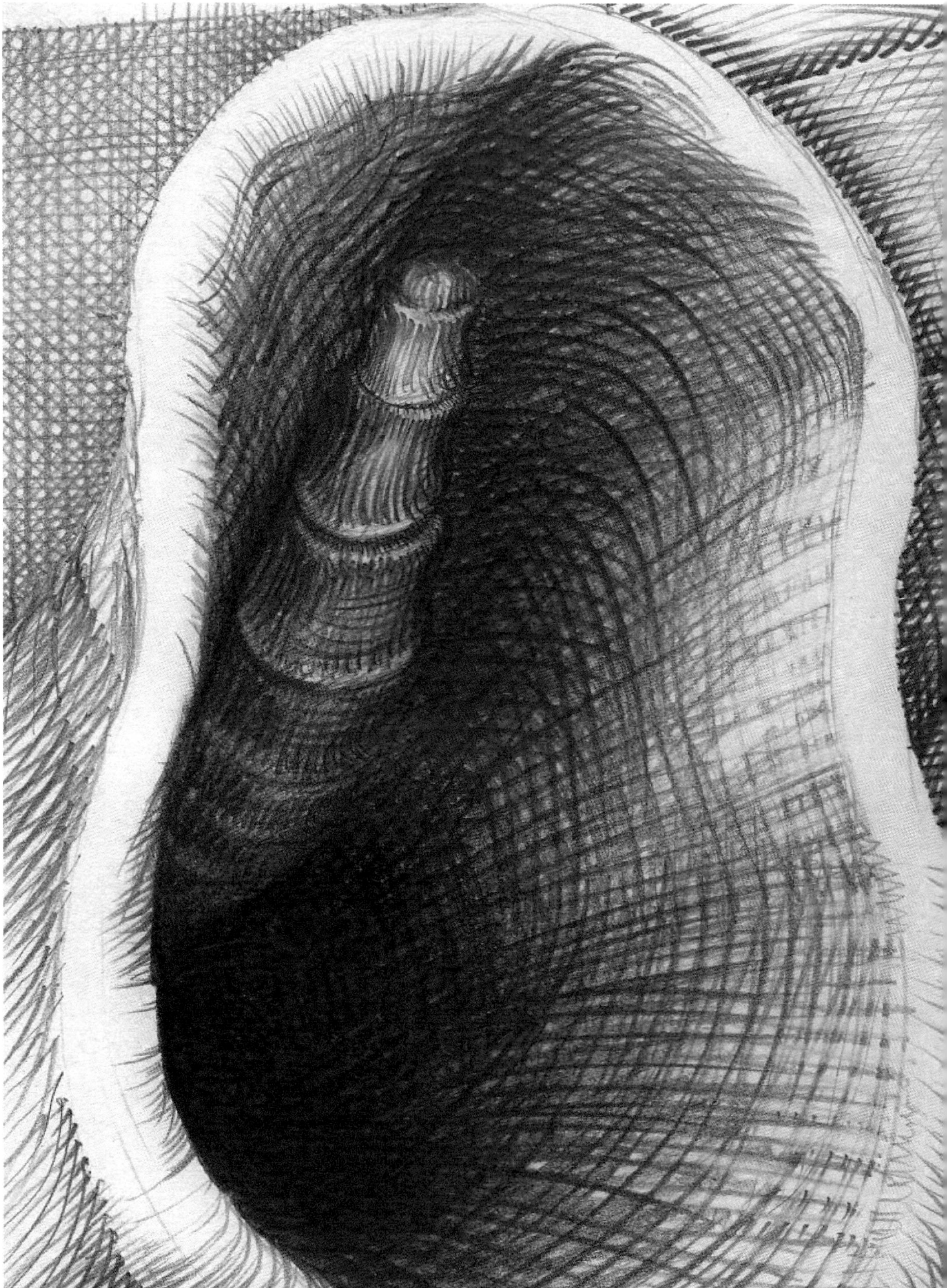

estão intactas. Ele deve estar no ensaio, contando ao elenco e ao diretor que terá que abandonar a montagem, e deve voltar para casa em uma hora. Eu me pergunto como pôde ocorrer a ele tal coisa, se a mim ela não ocorreu. Nós éramos o mesmo quando eu me desdobrei, mas ele fez outras peças, disse outros textos, conheceu outras pessoas; eu não sei mais quem ele é por dentro. Nossas memórias anteriores são as mesmas, tudo o que eu vivi ele alega ter vivido, a infância, as peças do começo do currículo, a ideia de se desdobrar, mas eu tenho certeza completa de que sou o original, não importa o que ele diga, eu sei que o original sou eu, e agora, a mão segurando firme a maior faca da cozinha, esperando-o chegar, atrás da porta, eu torço para que, além disso, eu seja também o eu mais forte.

AS GRIFES

Eu não lembro bem que sujeito, ou lembro e não quero contar, que se ofendeu com alguém ter reparado que suas calças jeans eram de determinada marca, e se defendeu dizendo que os tênis que vestia eram de outra (que talvez quisesse dizer outras coisas); não me lembro quais eram as marcas, ou lembro e não quero contar. Fiquei com um pouco de raiva do sujeito porque isso o colocou entre as pessoas que acham que vestir e pensar são a mesma coisa, e eu não o contava entre essas pessoas. Leve decepção, porque era um sujeito de quem eu gostava e por quem tinha algum respeito.

O assunto não sai da minha cabeça. Reviro meus preconceitos: e se pensar e vestir forem a mesma coisa? Assim, de maneira consciente: o que diziam dele as calças que o par de tênis pudesse defender? Ansiedade e terrível suspeita: de que, se eu me vestir sem pensar, pensarão as roupas por mim, sem meu auxílio. Começo a me sentir poluído, carregando para todo lado informação, declarações que não estou disposto a fazer, mesmo com as etiquetas cortadas e evitando com cuidado as estampas. E toda tentativa de neutralidade parece resultar em declarações ainda mais enfáticas. O que fazer, meu deus?

Desmarco o emprego e me mantenho em casa, livre das roupas. A mulher chega e estranha, mas eu a convenço, com meus melhores argumentos mudos, a se unir a mim nesse projeto. Sem o cheiro de amaciante para confundir nossos espíritos, sobra essa troca tão mais envolvente que a comunicação e os símbolos, que sabem fazer os corpos saudáveis quando não estão pensando. Durante dias nós só usamos os sentidos que não servem para a linguagem articulada, olfato, tato e paladar, e, quando abrimos os olhos, éramos diferentes, não mais aquela monotonia dos corpos articulados para vestir roupas, mas algo de égua e cavalo, de serpentes enroladas, de caninos pontudos e água fervendo. Quando acabou todo o café e a banana, tivemos que retomar as nossas vidas. Depois de tudo isso é claro que o mundo ficou um pouco entediante, com suas placas e etiquetas, e que as roupas no final venceram, mas o que fazer? Não se toma o metrô sem as calças, então eu tive que mudar de assunto.

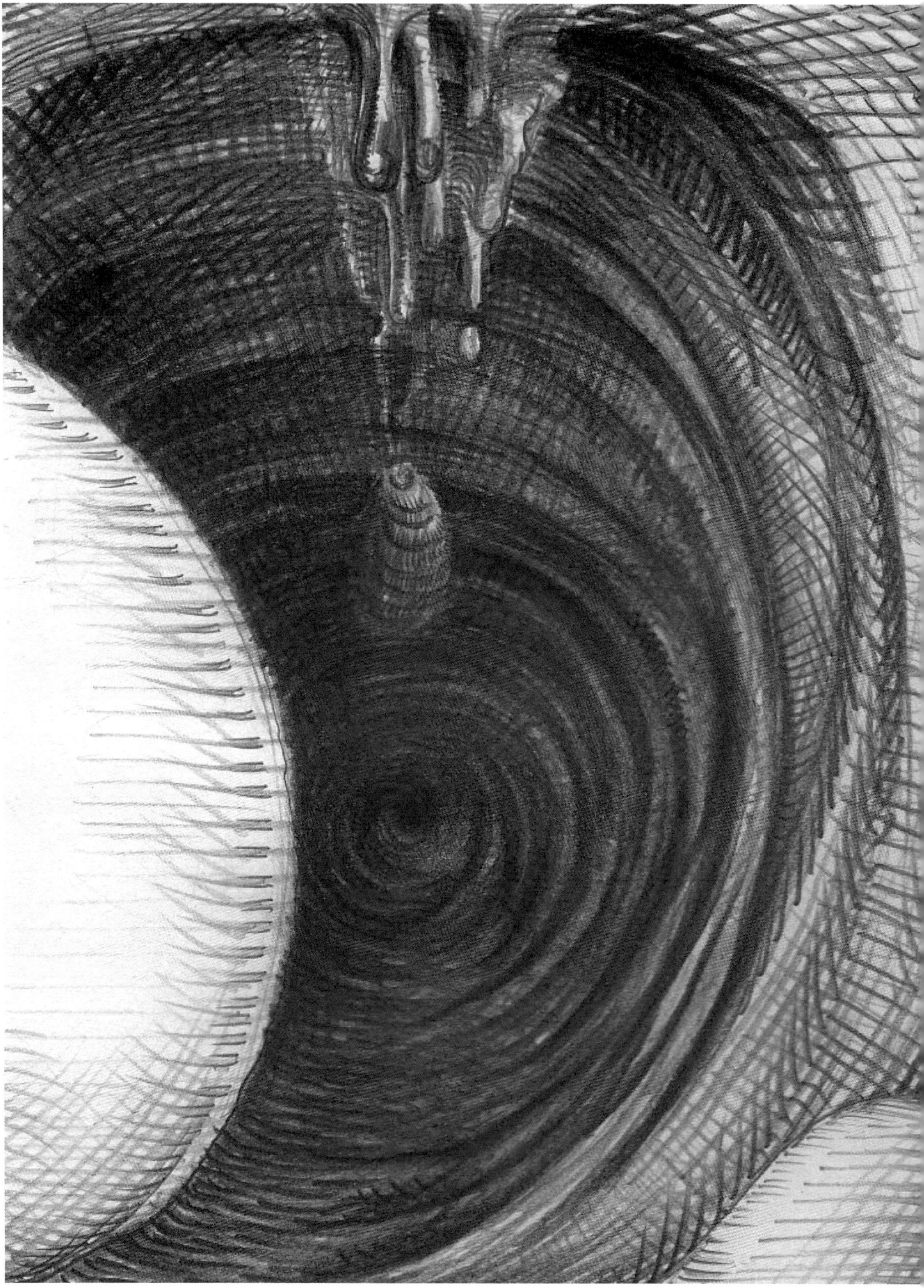

AMIGO INCONVENIENTE

Eu tentei falar para ele que a proposta era completamente inadequada: eu sou casado, moro em um apartamento que tem só quarto, sala e cozinha, e não posso receber nenhum amigo para morar comigo. Em um comentário vulgar e infeliz, ele disse que não representava uma "ameaça", como se o medo do adultério fosse o único motivo que impede um homem casado de receber um amigo para morar dentro de casa. Fiquei ainda mais irritado e continuei, com bastante delicadeza, a dizer que não era possível, porque o tamanho da casa, porque etc... e então ele lançou seu argumento final, que se eu não quisesse contar para a minha esposa, ela nem ficaria sabendo, que ele permaneceria silencioso e imperceptível. Muitos homens têm esse mau hábito de achar que qualquer solidariedade de boteco deve ser mais forte que a do casamento, veem nas mulheres inimigas e falam coisas assim com muita naturalidade. Tentei fazer com que ele percebesse que isso seria indigno da minha parte e ele rebateu com o velho clichê de perguntar se ela me tinha na coleira. Me vi na situação de ser sincero: dizer que eu é que não o queria em casa, e que tê-lo em casa seria pior ainda do que abrigar uma pessoa normal; que não é possível ter um hóspede que nunca se sabe onde está, não dá sinais visuais, não faz barulho, não colabora nem dá trabalho, mas que existe, e que por não se saber onde está pode estar qualquer lugar, de forma que você nunca poderia estar seguro sobre se a sua nudez (ou a da sua esposa) está sendo observada, não sabe se fecha ou não a porta do banheiro, nunca pode enfiar o dedo no nariz impunemente. Foi isso que eu disse ao meu amigo; acho que ele deve ter entendido, qualquer pessoa razoável entenderia. Recomendei que procurasse a luz, ou um casarão abandonado, mas prometi que mandaria rezar uma missa em sua homenagem.

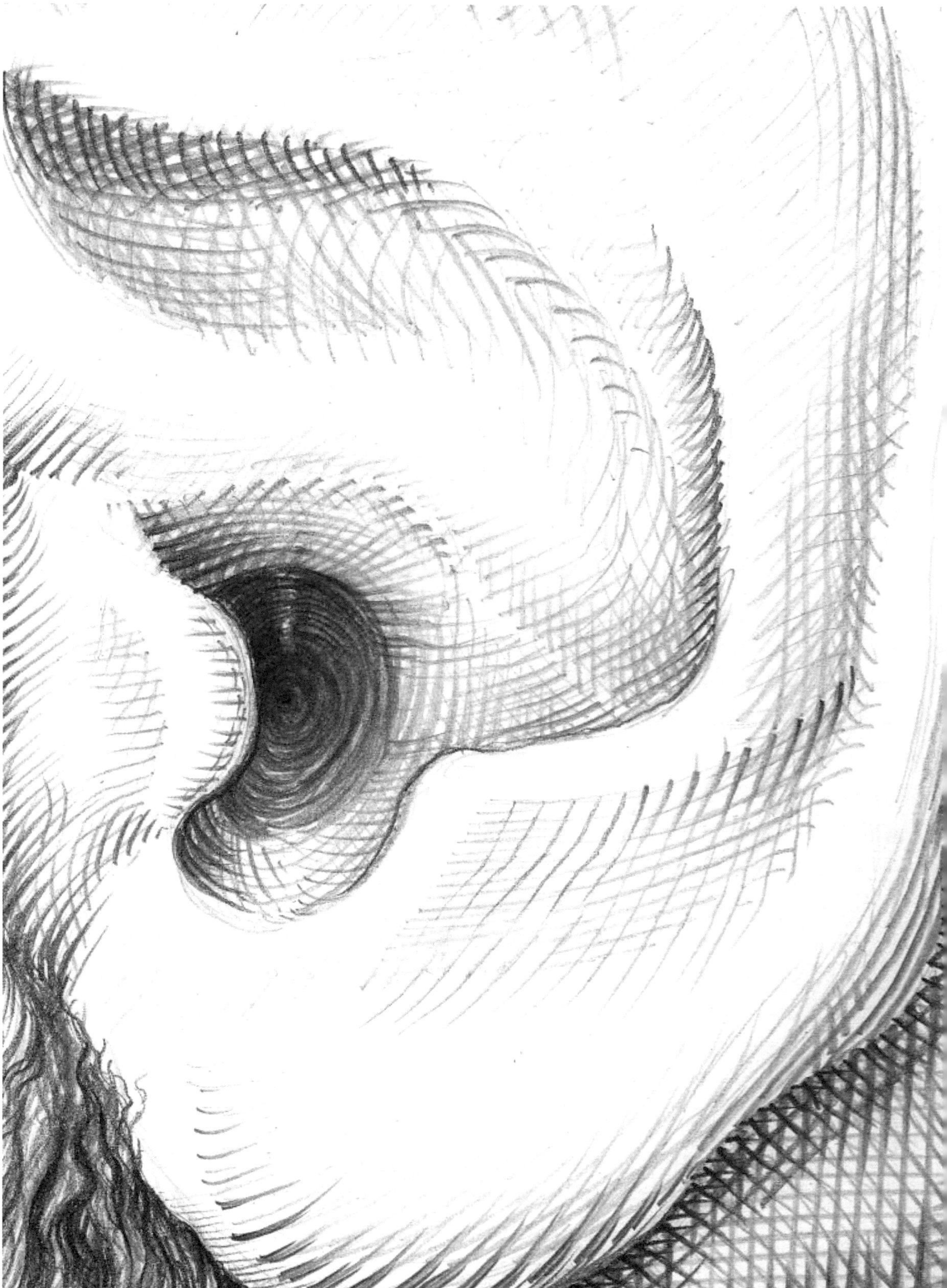

MEU SISTEMA

Não é que eu seja de fato incapaz de tomar decisões, mas, diante dessas possibilidades infinitas, me vi na necessidade de inventar um sistema para tomar decisões por mim, para evitar um pouco o sofrimento, afinal, eu não sabia decidir nada senão depois de um sem números de ponderações, e talvez por isso tenha tomado muitas decisões erradas; decidi, por exemplo, por uma profissão que não rende dinheiro, o que a torna, no lugar de um esteio, uma fonte ilimitada de mais decisões difíceis. Depois de uma vida inteira sofrendo e me recriminando, me dei conta, enquanto lia aquele estudo de Antônio Cândido sobre as comunidades caipiras de São Paulo, de que o espinho da minha existência era esse: o compromisso desatinado de ter que decidir sobre tudo e entre tantas coisas. Os sujeitos da pesquisa de Cândido sabem, por exemplo, que vão comer arroz e feijão todos os dias, e a mistura (expressão que nós conhecemos, a proteína que acompanha o prato básico) é dada pelas circunstâncias, quando existe. O caipira que não se recrimina pela forma como leva o cotidiano (exceto, talvez, nos casos de alcoolismo) porque o cotidiano toma suas decisões. Eu não teria os meios de passar a viver como um caipira paulista do primeiro terço do século XX, mas uma vez identificado o problema, pude imaginar um sistema em busca de solução.

Identifiquei duas classes diferentes de decisões: as que envolvem possibilidades múltiplas (como as escolhas alimentares e profissionais) e as que envolvem "sim/não" e "isso/aquilo" (como abordar ou não uma mulher ou aceitar ou não sua abordagem, ir ou não ao médico, ceder ou recusar qualquer desejo conflitante). Para as segundas não é preciso mais que um instrumento arcaico, como uma moeda, mas para as primeiras eu precisei de um sistema mais sofisticado, que chega às respostas de que preciso através de ciclos randômicos de pesquisa no Google.

Já posso ouvir os moralistas dizendo que um homem deve ser capaz de decidir sobre sua própria vida. Eu não sei onde isso está escrito, assim como não está escrito em lugar nenhum que um homem deva ser capaz de permanecer uma hora e meia em um veículo sob a terra sem ter alucinações. Sou mais feliz agora. As decisões do meu sistema me impelem, às vezes, a coisas que eu jamais teria imaginado; sou um homem menos covarde, menos medroso pela integridade física. E, se é verdade que meu sistema dificultou um pouco a criação de novos vínculos, aqueles que sempre me conheceram agora me olham com admiração. É um jeito um pouco extremo de viver, mas recomendo a experiência, nem que seja só por alguns anos.

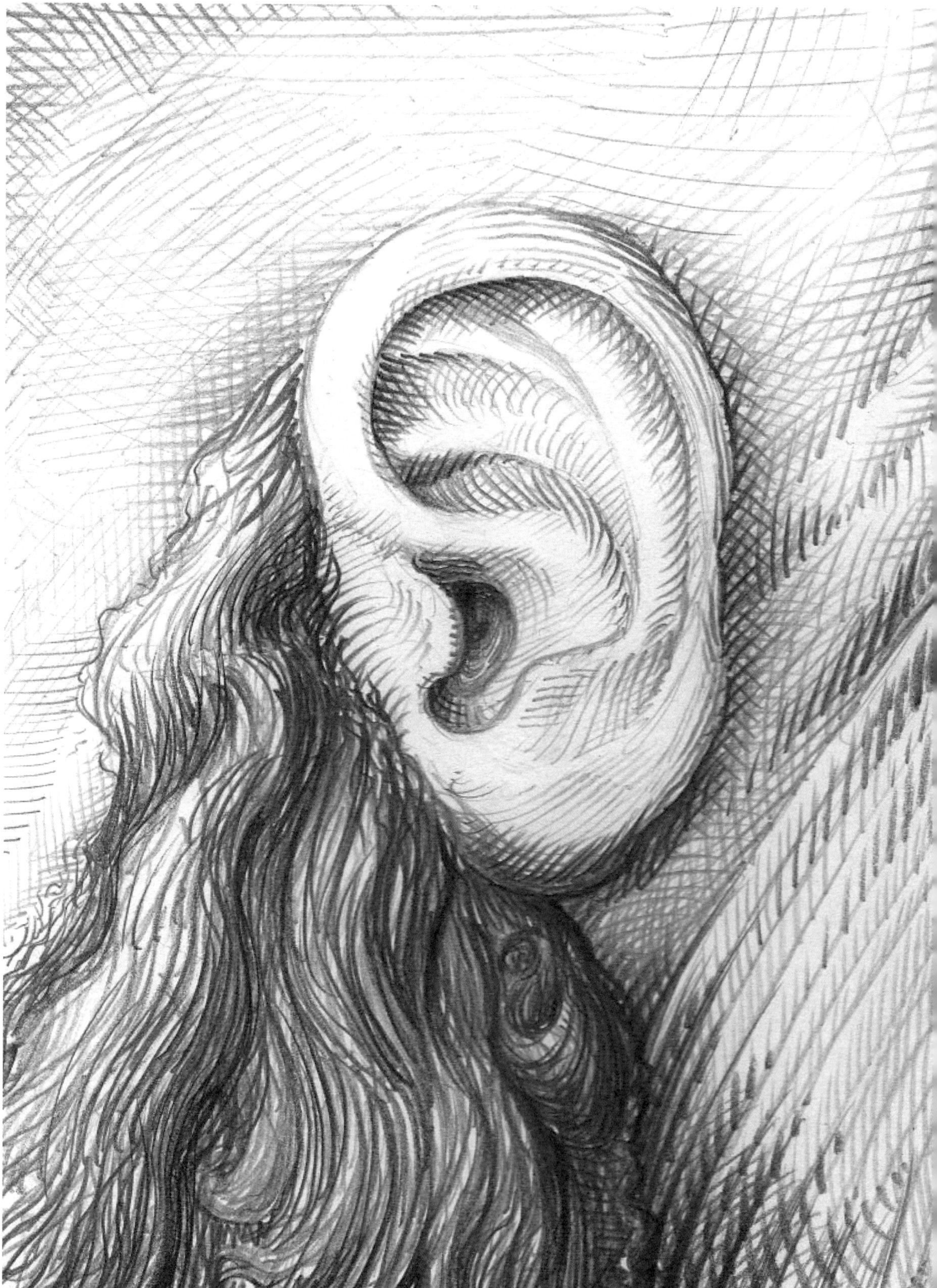

ELA

Alguém pode acusá-la de inconstância, mas com ela eu nunca fico entediado. Ela está sempre com um cabelo diferente, ora é loira, ora é ruiva ou morena, e é ampla de interesses, de forma que a conversa com ela sempre gira em torno de coisas novas, em um momento a arquitetura, depois a música erudita, depois a física atômica, e de repente ela se torna uma séria mulher de negócios e faz uso do meu corpo para aliviar a tensão de uma péssima rodada na bolsa de valores, ou então é militante, nervosa, espera de mim que eu debata com ela questões incrivelmente complexas e fora do meu alcance, como, por exemplo, as nossas leis eleitorais, mas no dia seguinte ela já está romântica e serena, e quer apenas ficar em silêncio comigo, cabeça deitada no meu peito nu, esperando passar lá fora a hora do rush.

Nos encontramos quase sempre, ela tem esse prazer saudável de surpreender (tão necessário às relações duradouras); há dias em que é negra e fala olhando fundo nos meus olhos, ou então é uma oriental muito magra e ansiosa. Uma vez, em uma noite rara, ela compareceu ao nosso encontro na forma exótica de uma albina imaculadamente branca, cabelos brancos, olhos vermelhos, traços perfeitos (ela é sempre linda, não importa o que faça). Nos dias frios, para me aquecer, ela vem com as carnes mais fartas, os seios maiores, cabelos compridos. E ela gosta dos jogos do amor; às vezes, no metrô, eu a encontro com *headphones* cobrindo as orelhas e me coloco diante dela, olhar ansioso, esperando, mas ela finge que não me conhece e simplesmente não olha para mim. Nesses dias eu fico muito triste, mas quando, no encontro seguinte, cobro dela essa atitude, ela simplesmente diz que não se lembra. Às vezes é agressiva e pergunta se estou louco, mas na maioria das vezes ela ri, e como vale a pena o seu sorriso.

Eis seu problema (na verdade, o meu problema, já que eu sou o incomodado): é a memória. Perdi a conta das vezes que tive que repetir para ela o meu nome, mas isso é o de menos, porque nem o seu próprio nome ela recorda e o muda constantemente, acreditando que eu não vou reparar. Mas eu reparo em tudo que ela faz; na maneira como ela respira, como ela senta, como ela sente, e no seu olhar de ansiedade quando, no beijo de despedida, ela pergunta se eu vou telefonar.

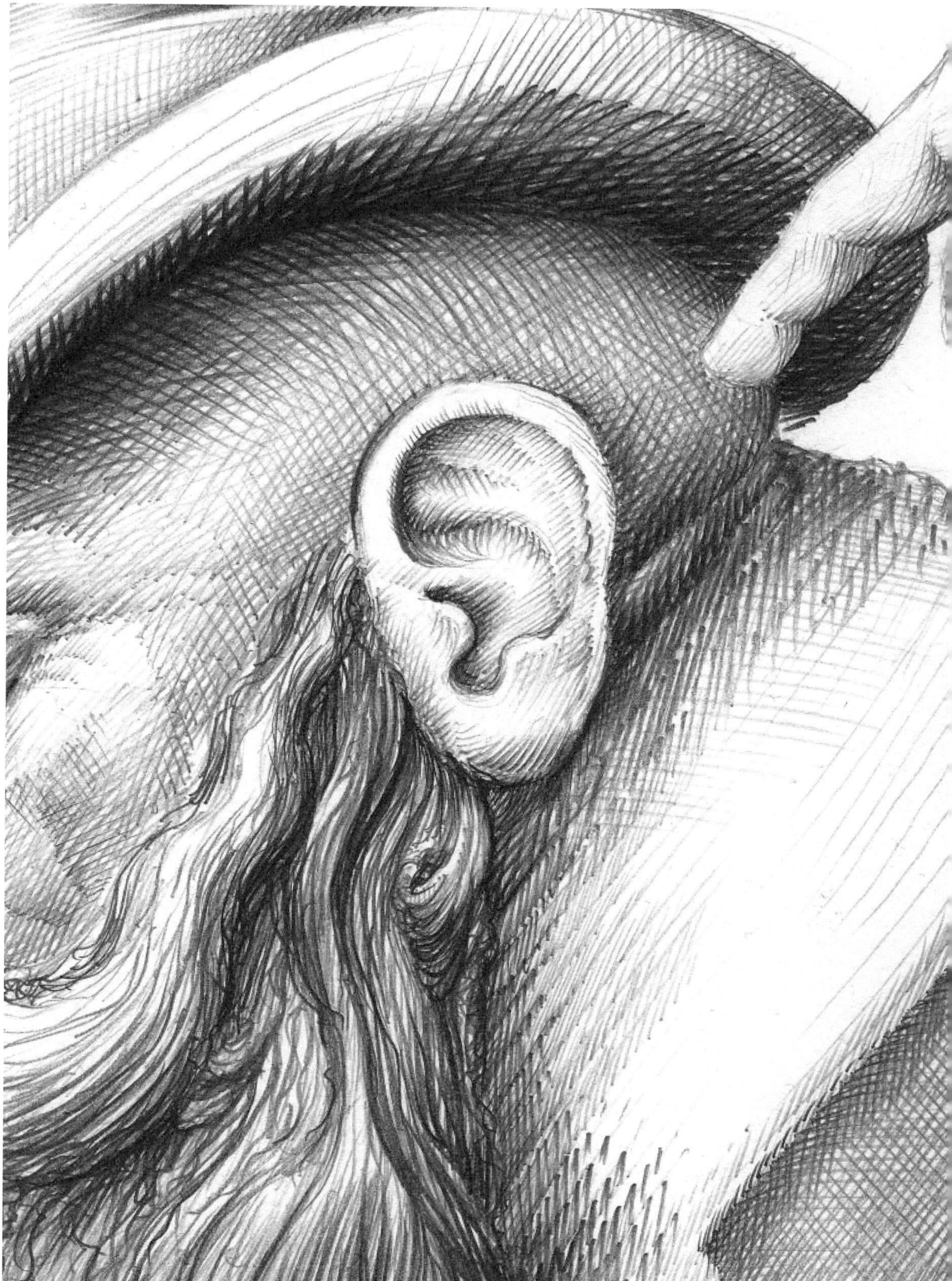

AS CONDIÇÕES OBJETIVAS

Já aprendi a noção, e ela é amplamente aceita, de que são as condições objetivas que moldam o barro quente do espírito, do temperamento, das convicções, essa meleca toda que forma o indivíduo humano. Compreendi a noção de que a geografia ensina e guia o olhar, e que o olhar direciona a coluna e que isso implica em todas as relações com o meio externo e com os outros. Me comove e me contenta o silêncio dos tuaregues no deserto, onde o calor induz à contemplação, e é esse tipo de pensamento bobo que me distrai do fato de que não sei mais nada.

O meio em que vivo é de tal bizarro que contemplá-lo me deixa muito triste. Não posso olhar pela janela demoradamente sem que uma lágrima pese, presa na glândula; a paisagem é vulgar e mesquinha, de um gigantismo medíocre, e a aparência é de grande sujeira. Tudo colabora para me deixar confuso, o ambiente, em geral, é totalmente ameaçador; sons desumanos invadem os ouvidos o tempo todo, objetos enormes circulam em grande velocidade sem aparente preocupação com os seres vivos no caminho e, mesmo havendo um pacto entre nós que regula tais atividades, não há como convencer o corpo: ele reage, retesa, mantém-se pronto para a fuga ou o conflito, ressente-se das constantes ameaças.

O chão é estéril, esturricado. E, no entanto, existe larga oferta de comida. Isso deveria ser uma coisa boa, quer dizer, é claro que isso é uma boa coisa, porque comer é melhor do que ter fome. Todos concordamos sobre isso. Mas não deixa de ser um problema, porque não se sabe exatamente o que comer e quanto. Não sou apenas eu que não sei, há quem pague outra pessoa não para cozinhar, mas para dizer o que comer. Talvez porque o corpo constantemente ameaçado acredite-se na obrigação de juntar energia para correr dos objetos gigantescos, que são muito velozes, talvez porque a dissonância entre a paisagem e a oferta de alimento provoque uma espécie de euforia do milagre constante de haver tanta comida nesse lugar de ar venenoso e chão esturricado. Talvez só porque realmente não saibamos nada, eu falo por mim, pelo menos, na medida em que essa paisagem me constitui, essa totalidade despedaçada em cacos pelo tanto que há de esquinas pontiagudas, na medida em que essa geografia me define. Por isso que eu não sei o que comer, que eu não sei se corro ou descanso, se atravesso ou espero ficar verde, por isso que não sei o que pensar. É curioso eu ter nascido aqui, porque me pesa, a geografia desse lugar me pesa, as suas condições objetivas não me moldaram para me acostumar a elas; nascendo aqui, nunca me adaptei, não creio que me adaptarei um dia. Eu devia perguntar a outras pessoas como elas se sentem, se elas percebem esse lugar como eu percebo, se elas reagem aos seus estímulos como eu, se elas sabem ou não o que comer.

II

INSTRUÇÕES DE BEM VIVER

VENCER NA VIDA

Primeiro, livre-se da angústia, essa bicheira luminosa e azulada, e desse caos mental que ela provoca, que te faz sair da cama à noite para ir olhar na janela o perfil incandescente dos prédios, invadido pela impressão da complexidade do mundo, pelo sentimento do imponderável, pelo consequente medo, enfim, com que a angústia alimenta a si mesma; bicho que vive do próprio excremento. Relaxe, a imponderabilidade do mundo, a angústia e o medo não existem, são discursos que você inventa para sabotar a si mesmo. Entre as múltiplas linhas deste rabisco escolha uma, as outras cessarão magicamente de existir. Não hesite em buscar auxílio químico – para isso são feitas extensas pesquisas em animais subjugados e homens livres que assinaram um contrato.

Depois de se livrar da angústia (não exatamente depois, pois tempo é dinheiro e os esforços devem ser concomitantes), cuide do corpo, coma fibras, exercite-se. Exercícios repetitivos expulsam pensamentos inadequados e tornam o corpo desejável ao sexo oposto. Ser sexualmente desejável vai fazer você feliz, e, enquanto você estiver se sentindo sexualmente desejável, não pensará na imponderabilidade das coisas, na injustiça do mundo, na finitude humana, e isso abrirá espaço para você em seus negócios. Tornar-se sexualmente desejável é algo que se consegue com exercícios repetitivos, dieta saudável ou com intervenção cirúrgica, mas isso de nada adiantará se a angústia, aquela bicheira azulada, já não tiver sido controlada, porque nessa hipótese você começará a comer chocolates e terá de repetir todo o ciclo. Recomendável, portanto, é não suspender a medicação até ter total certeza. Além de sexualmente desejável, um corpo deve ser saudável e higiênico, portanto livre de impurezas. Se você ainda não parou de fumar, é preciso que pare imediatamente. O álcool deve ser ocasional, relacionado a atividades recreativas coletivas, de preferência em meio a pessoas sexualmente desejáveis. Substâncias ilegais atraem energias negativas, de opressão, assassinato e marginalidade. Para ter um corpo higiênico você pode comer fibras e produtos baseados na soja, você pode fazer ioga ou introduzir no seu ânus uma espécie de balão de borracha que tenha, quando cheio, o tamanho de um punho fechado, ligado a um canudo de plástico comprido, e fazer esse balão percorrer toda a extensão do seu intestino até o final quando, com o auxílio do cano de plástico, você o encherá e o puxará de volta, trazendo consigo toda a impureza do seu corpo. Um corpo higiênico fará você se sentir bem; com isso fluirão até você contratos e propostas e você poderá comprar um carro. De posse do seu carro, tendo um corpo higiênico e sexualmente desejável, você terá vencido na vida. Aí você descobrirá que não se tratava exatamente de se livrar da angústia, essa bicheira luminosa e azulada, e nem dos pensamentos sobre a imponderabilidade do mundo, mas da imagem. Uma imagem de sucesso: você o terá. Nesse ponto talvez você possa suspender a medicação, mas cuidado; o mundo é cheio de armadilhas, decepções amorosas e lanchonetes que não servem fibras, e se alguma coisa se perder, é preciso repetir todo o processo.

A ARTE DE SER GENEROSO

É a de telefonar para o Serviço de Atendimento ao cliente fingindo querer dar conta de uma demanda impossível, como o cancelamento da sua linha ou a transferência da linha já existente para a nova promoção anunciada, ultrapassar o menu ditado pela voz robótica, ultrapassar a espera, ser transferido para seis atendentes diversos antes que caia a ligação e com cada um deles ser calmo, ser delicado com cada um deles, explicar com ternura o que você deseja e, com sinceridade, dizer "tudo bem" quando solicitado a aguardar e, no final, com a voz mais cálida do mundo, agradecer o serviço do atendente e desejar, antes de pousar o gancho, que ele tenha um bom descanso ao fim do dia.

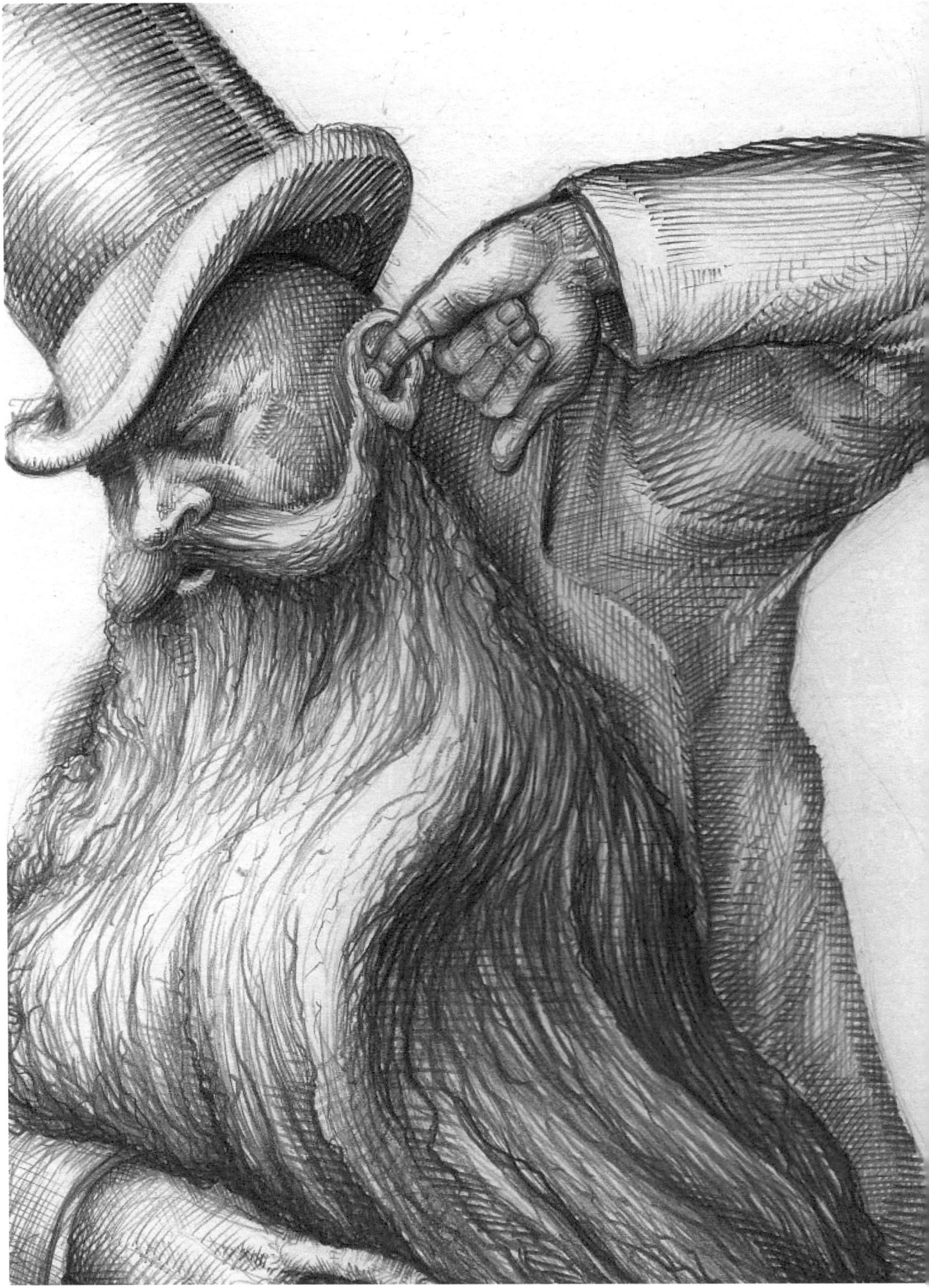

A ARTE DE SE DISTRAIR

Um passatempo saudável é comprar duas pistolas semiautomáticas e enchê-las de balas de festim para, com o seu melhor amigo, brincar de tiroteio na Praça da República, em um domingo de sol, correndo entre os munícipes apavorados e, antes que os policiais te abatam a tiros, parar diante da Unidade Móvel, recitar o episódio do Velho do Restelo na língua do p e, mais tarde, sob a inevitável tortura, confessar que é culpa sua a falta de chuva, a falência do Jornal do Brasil e o gerundismo. Caso chova, convém trocar o episódio de Camões por um poema de Augusto dos Anjos. Avisar a imprensa também amplifica o efeito da brincadeira. Cardíacos e membros do Partido dos Trabalhadores devem evitá-la.

A ARTE DE SENTAR

Se eu me sento dobrando os joelhos até que minha bunda encoste um patamar, isso implica em um universo de preocupações; é preciso, para isso, que haja uma cadeira, no mínimo um degrau. Em volta da cadeira pode haver um metrô cheio, um restaurante de luxo, a minha casa, a sua, a casa de um estranho qualquer, uma conferência da ONU. Em volta do degrau é preciso que haja uma cidade, no mínimo uma casa. A casa onde se senta no degrau é indiscutivelmente diferente da casa onde se senta na cadeira, mas ambas tem em comum que ali se sente desse jeito, dobrando os joelhos até que a bunda encoste um patamar. Se eu, para me sentar, flexiono joelhos e coluna e projeto o quadril para trás e a cabeça para frente, de forma a me manter equilibrado até que minha bunda encoste o chão, outro universo de questões se abre: à minha volta pode haver qualquer coisa, qualquer lugar, verde e úmido, esturricado e antigo, punido pelo vento que traz areia, cercado de cachorros e ciclistas. Se eu me sento assim entre quem assim se senta, então estou entre os meus, e um passado coletivo me abriga e me confirma. Se eu me sentar assim é uma variação, uma excentricidade de final de semana, na beira de uma piscina ou no Parque Ibirapuera, então não sofrerei maior consequência. Se eu me sentar assim no metrô, um guarda pedirá que eu me levante. Se eu me sentar assim na cidade, onde me cercam degraus e cadeiras, e sempre me sentar assim e não conhecer outra maneira de sentar, então eu serei um pária, um homem que ninguém deseja, um morto-vivo.

A ARTE DE TOMAR UMA SURRA

Depende, é claro, dos objetivos. Há quem se importe em parecer heroico, quem deseje ter histórias para contar. Eu ajo sempre no sentido de preservar os dentes. Mas não se iluda; a seleção de prioridades jamais se dá sem o sacrifício de outros elementos, e quem protege o rosto inevitavelmente apanha na barriga. Proteger rosto e barriga é possível, evidente; mas para isso é preciso que você se enrole como um tatu-bola até ficar muito pequeno, um verme, um dejeto de cachorro espiralado na calçada. Isso, evidente, expõe as costas e os quadris aos chutes, mas é uma troca justa porque pelo menos as partes moles das vísceras, desprotegidas pelos ossos, ficam a salvo. Se por acaso os agressores não concordarem com sua solução, se te agarrarem pelo cabelo dizendo "levanta para apanhar, seu merda", ou qualquer locução do gênero, então é preciso mudar de estratégia. Nesse caso, implore. Permaneça de joelhos e peça, pateticamente peça para não apanhar mais, diga por favor, explique-se (mesmo que a surra seja gratuita). Se, inicialmente, continuarem a te surrar, não se desespere – é essa a reação esperada –, observe somente se a surra diminui de intensidade; se diminuir, você está no caminho certo. O provável é que os socos e chutes comecem a dar lugar a xingamentos e expressões de desprezo, e que os agressores comecem a perder a vontade, afinal, como se sabe, o desprezo é mais parecido com o desinteresse do que com o ódio. A seleção de prioridades jamais se dá sem o sacrifício de outros elementos; é difícil rastejar tão baixo sem sentir-se um pouco assim por alguns dias, é natural. Mas não se preocupe, o tempo de cicatrização da moral é só um pouco superior ao tempo que leva para passar a dor de um chute bem dado, e tem a vantagem de não atrapalhar o serviço e de, ao contrário de uma cara inchada, não exigir nenhuma explicação.

A ARTE DE ACEITAR

Eu não consigo entender, tenho feito tudo certo: investi na minha formação mais que o suficiente para não ser obrigado a suportar humilhações, e também para ter acesso aos meus sonhos de consumo – tenho uma casa espaçosa, um carro grande e confortável, viajo para onde quero. Também tenho a consciência limpa: não dou esmolas (contribuo para instituições confiáveis), reciclo o meu lixo, não consumo aerossol, como verduras, vou à academia, só compro móveis de madeira certificada. Sou tão preocupado com a preservação do nosso planeta que há tempos não jogo mais nem bitucas de cigarro na calçada – eu sou o único dos meus amigos a se dar ao trabalho de carregar um cinzeiro de bolso. E eu tenho amigos! Tenho muitos amigos, cultivo relações saudáveis, sei preservar um tempo para a diversão, não penso só em trabalho e em dinheiro. Tomo uma taça de vinho tinto por dia, como fibras. Tenho uma namorada linda, independente, culta; nós respeitamos o espaço um do outro e nossa vida sexual é excelente. Me mantenho informado sobre o que acontece no mundo; troco conteúdos com pessoas pela internet. Por isso é que eu não entendo. Se tenho feito tudo tão direito, por que então esse vazio? Por que esse medo e essa urgência insuportáveis? Por que essa sensação de que estou morto?

TER UM SONHO

Embora todos nós gostemos muito dessas soluções para a felicidade em doze, onze ou dezessete passos, mesmo o mais tolo de nós sabe, mesmo que só lá no fundo, a tremenda bobagem que isso é. Parece que, na verdade, a felicidade, como qualquer coisa maravilhosa, só pode vir por um golpe tremendo da sorte ou através de um projeto sofrido de qualquer Everest que se escolha e no final do qual deve estar a tua felicidade, alguma coisa assim, nada que se consiga tomando shakes ou pensando positivo. É isso, aliás, o que se sussurra imperceptivelmente no background do áudio de cada reclame; os apresentadores tem um tom levemente irônico, todos nós já sabemos, mas ora, as rodas estão aí há muito tempo, por que parariam de girar agora se disso dependem todos os empregos? Ninguém está propondo alguma coisa assim. Peço só que me deixem jogar o foco sobre esse aspecto que nunca é abordado nos programas de sexta e domingo, tão cheios de bons conselhos, que é o da incerteza de cada um de nós sobre ser ou não capaz desse empreendimento cansativo que é a felicidade, se é evidente que as vagas são limitadas como as de uma universidade pública, e que as chances devem favorecer as pessoas especiais. E se, de repente, você não for especial, o que acontece?

Eu, por exemplo, vivo uma vida medíocre, ganho pouco dinheiro e gasto um pouco mais do que ganho, como todo mundo. Raramente telefono para os amigos, nos finais de semana como fora, tenho lá minhas opiniões, mas nunca me envolvi com nada relevante. Diante de todas essas desvantagens logo de saída, seria natural que eu já tivesse desistido. Muitas pessoas desistem, e eu não as recrimino, afinal é da felicidade que estamos falando, e não de todos os pequenos prazeres que tornam a vida suportável (no que, aliás, nos mostram o quanto a vida de todo dia precisaria mudar para sermos de fato felizes). Só que eu tenho uma carta na manga: eu tenho um sonho – é muito mais do que a maioria das pessoas tem.

O meu sonho é o seguinte: eu queria ser um jovem atafoneiro que, exausto de mover o atafão alimentado a sobras, foge do seu patrão para embarcar em um

navio, enfrenta o mar bravio em direção às terras estranhas e acaba ao redor de uma fogueira, devorando sem culpa a carne do inimigo. Esse é meu sonho. Algumas pessoas sonham com um carro zero ou com uma cirurgia plástica, nós vivemos em uma época maravilhosa e cada um pode sonhar com o que quiser. Eu sonho com isso, e desde aí já não sou tão medíocre. No corredor, tremulam os plásticos que deviam proteger os varais da chuva. No futuro, as chances de gozo e o fel da decepção. Do lado de dentro estou eu, pronto para batalhar por meu sucesso.

III
FUTUROS HIPOTÉTICOS

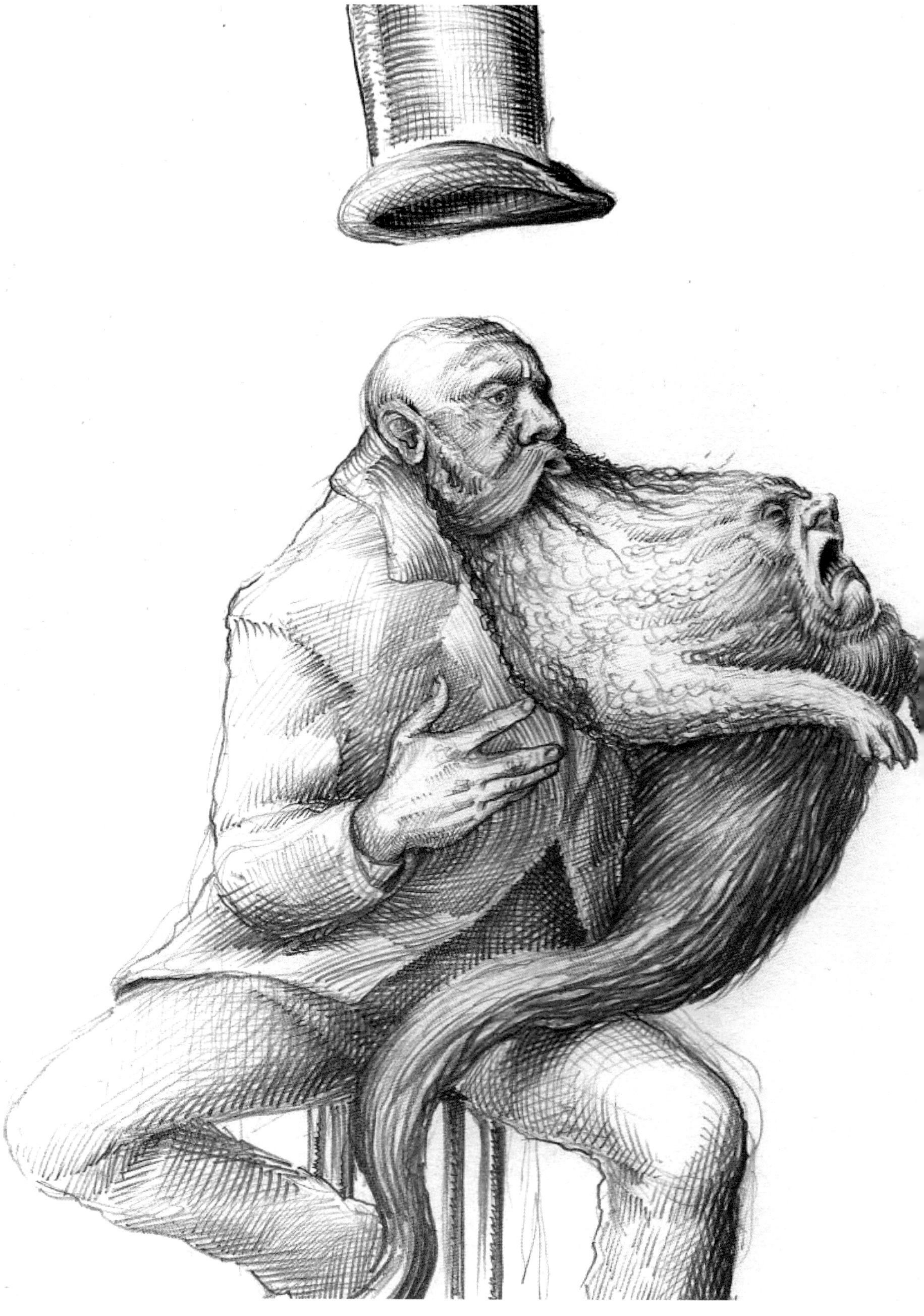

ALTERNATIVA PARA O CONVÍVIO URBANO

Possuo um alongamento prodigioso e é isso o que me permite viver o estilo de vida que vivo. Cheguei a ser convidado, certa vez, para ser contorcionista de um famoso circo canadense, mas recusei; jamais trabalharia em função servil e, além disso, eu não gosto de luzes fortes, espaços amplos e nem de ovações emocionadas. Preferi ficar no meu país, onde um primo meu, que é homem público, me arranjou um excelente emprego. Não me lembro, precisamente, de que posto eu ocupo no quadro funcional da prefeitura de que cidade, mas, desde que eu repasse 50% do salário a esse meu primo, não preciso sequer comparecer a esse lugar (que deve ser longe, aliás), o que me deixa com bastante tempo para a solução dos meus próprios problemas. Meu primo me censurou pela maneira como encarei o emprego que me ofereceu, disse que eu devia tê-lo tratado como renda complementar a de outro emprego qualquer, que dessa maneira eu teria uma vida muito confortável. Argumentei que o conforto é uma noção relativa, mas meu primo não me entendeu; ele não sabe pensar senão em números e cifras, esse meu primo.

O fato é que, com esse alongamento prodigioso que possuo, consigo morar quase a custo zero. A minha maior preocupação, no começo, era a segurança, por isso fiz uma caixa de madeira. Foi uma bobagem da minha parte, porque a caixa de madeira, por melhor que me isolasse do mundo exterior, não impedia que, por molecagem de alguém, eu acordasse a quilômetros do lugar onde tinha dormido; pior ainda, parecia convidar as pessoas a se sentarem sobre ela, me obrigando a esperar pacientemente que a pessoa levantasse para eu poder sair e dar conta das minhas obrigações, já que balançar a caixa e fazer barulho as assusta muito e não é uma coisa educada. Além do quê, a caixa era um trambolho difícil de ser transportado, e poucos restaurantes permitiam que eu entrasse com ela. Troquei, depois, por uma de papelão, dobrável e virtualmente gratuita (todos sabem que os supermercados doam essas caixas a quem as pedir), embora descartável. Como a caixa é mole, resolveu também o problema do transporte noturno e das pessoas sentadas, mas criou outro problema, o da chuva, razão pela qual eu me vi obrigado a alugar um canto no departamento de achados e perdidos na rodoviária. Claro que é completamente irregular, por isso fiz com o moço dos achados e perdidos o seguinte acordo: na hora de dormir eu entro em minha caixa e a fecho, não sem antes escrever sobre ela (caso seja nova e eu ainda não tenha escrito) o sinal combinado, de maneira que, quando o seu colega funcionário chega com a caixa no departamento de achados e perdidos, meu comparsa sabe tratar de mim e me acomoda em um dos escaninhos, tomando o cuidado de não colocar nenhum peso por cima (se bem que uma vez, por sua desatenção, fui esmagado por uma coleção de volumes da Zíbia Gasparetto, e desde então a minha caixa tem as letras "frágil" escritas em vermelho vivo).

Vivo uma vida frugal, tenho três mudas de roupa idênticas: uma na lavanderia, uma em um armário na mesma rodoviária e outra no meu corpo. A segunda qualidade necessária, depois do alongamento, é a organização, pois me mantenho em constante deslocamento: após despertar na rodoviária, apanho minha roupa limpa e vou ao estádio para tomar banho no vestiário da piscina pública, onde eventualmente dou uns mergulhos, e ali troco de roupa; depois vou à lavanderia, deixar a roupa suja do dia anterior e apanhar a muda de roupa que, à noite, deixarei no armário da rodoviária; apenas depois faço meu desjejum em uma padaria. No resto do dia vou a bibliotecas públicas ou fico nos parques, pensando na brevidade da vida e comendo bananas. Gosto também de conversar com estranhos e ouvir suas histórias; enfim, após satisfazer as necessidades logísticas específicas desse meu estilo de vida, ainda sobram muitas horas no dia, o que prova que a maneira como vivo não é incompatível com o trabalho, de forma alguma, e é digna e saudável. Seria preciso, é claro, de cursos específicos, talvez de alguma política pública de promoção da ioga e, para tornar tudo ainda mais acessível, a disposição de armários e escaninhos públicos onde as pessoas possam guardar suas caixas e mudas de roupa; não sei exatamente qual seria o custo disso, mas tenho certeza de que muito mais barato do que contratar todas essas empreiteiras, com suas toneladas de cimento e ferro. As vantagens ecológicas são evidentes, a diminuição do consumo em quase todas as esferas etc., sem contar o ponto de vista filosófico, que não quero tocar para não aborrecer ninguém. Não quero soar arrogante, mas se meu exemplo fosse seguido, seria uma grande revolução para o mundo.

UM PLANO

Amigos e irmãos de esperança, eu sei que muitos de vocês desconfiam da minha raça como traidora por causa do convívio e do carinho que a maioria esmagadora de nós mantém com relação ao Inimigo. Eu asseguro que ninguém nessa assembleia lamenta esse fato mais do que eu, ver os meus iguais iludidos pelo conforto antinatural desse convívio, pela água quente e a comida temperada pelo fogo. Se estou reunido a vocês neste momento, é porque estou do lado certo, e meu corpo mutilado é prova suficiente de que não tenho motivos para agir de outra maneira. Portanto, recebam o meu conselho como o do amigo que verdadeiramente sou.

O plano que ouvi ser aqui apresentado não tem a menor chance de sucesso. É verdade que a união inédita de todos nós é a condição necessária ao nosso sucesso, mas usar essa união para nos colocar em guerra franca contra eles seria tática suicida. Os maiores de nós, que vivem em regiões onde eles são mais esparsos, talvez conseguissem destroçar pequenas comunidades deles; nossas manadas causariam um bom estrago entre os inimigos que vivem no verde, e os nossos voadores certamente cegariam algumas centenas de milhares, mas a que preço? Pequeninos, eu aprecio a coragem de vocês, mas lembrem-se de que não é à toa que vocês vivem debaixo da terra, no convívio com todo tipo de pestilência. Nós temos que encarar os fatos: nem o maior de nós tem capacidade de derrubar as melhores tocas que eles habitam, e talvez nem todos nós reunidos consigamos derrubar apenas uma de suas tocas empilhadas. Nós pensamos que já vimos o bastante; mas ataquem diretamente esses demônios e vocês verão a que nível de depravação eles podem chegar. Eles têm outras criaturas que aparentemente os obedecem. Eu imagino que sejam seres e não coisas, porque têm movimento, mas parecem coisas e são frias como coisas – mas o importante é que elas os obedecem, vocês sabem disso, não foram poucos aqui os que as testemunharam em ação. Pois eu garanto que, se entrarmos em guerra franca, eles não hesitarão um segundo em exterminar a todos nós com o auxílio dessas criaturas, até se tornarem a única espécie vivente no mundo. Se alguém aqui pensa em argumentar que isso tornaria o mundo impossível, eu respondo que quem pensa assim nunca conheceu uma comunidade inimiga, com seus

seres/coisas em movimento, seus sons horríveis, suas tocas empilhadas alcançando o céu.

Precisamos de uma estratégia melhor, sutil, silenciosa, talvez envenenando seus suprimentos, com paciência; precisamos travar uma guerra secreta. Só assim teremos chance de sucesso, e, quando o último inimigo tiver perecido, então os vegetais se encarregarão de corrigir as deformações que eles fizeram, o mundo voltará a sua ordem, voltará a haver dia e noite, voltará a haver silêncio, fartura, igualdade.

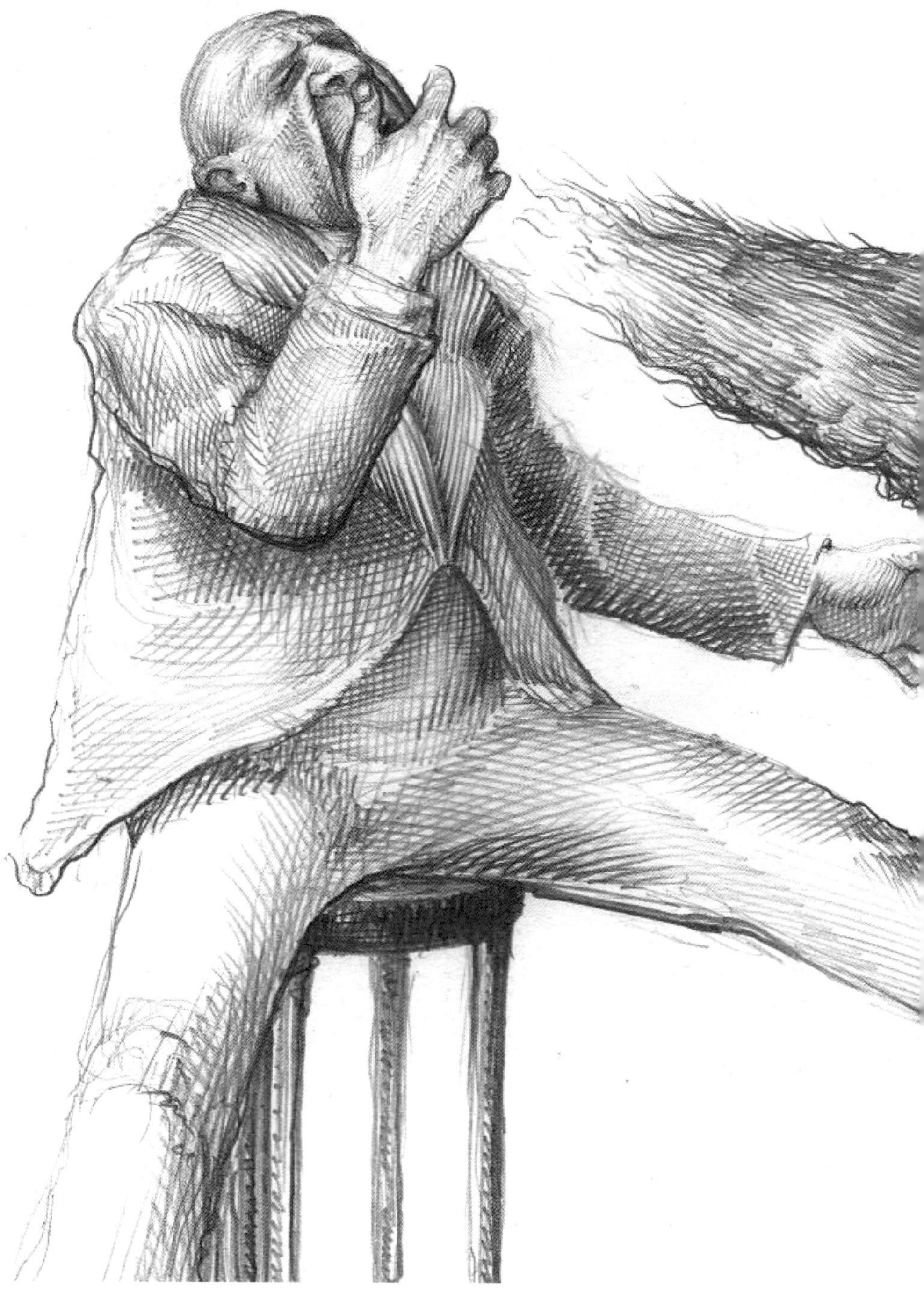

OS HOMENZINHOS DE CABRUA

Debaixo da minha cidade, abaixo da mais profunda linha de metrô, esconde-se a República de Cabrua. Não sabíamos disso antigamente, quando ainda era possível fazer algo a respeito; agora já construímos sobre a pequenina república toda essa cidade imensa, com suas indústrias, seu sistema de esgoto, seu metrô, seus fios elétricos.

Essa descoberta deixou a todos nós maravilhados e um pouco deprimidos. Maravilhados, porque as imagens que nos chegam da República de Cabrua (captadas pelas microcâmeras que enviamos ao subsolo) são imagens de idílio e esperança; os homenzinhos de Cabrua parecem ser uma gente simples e alegre, uma sociedade pré-industrial que não desconhece a democracia, as artes e a religião; a vida subterrânea os impeliu a essa frugalidade, que eles transformaram em uma espécie de fartura; são vegetarianos, e sua cultura é francamente igualitária. Mas essa descoberta, como eu disse, também nos deprimiu, porque veio junto com a afirmação de que estávamos destruindo Cabrua. Cada vez que um de nós lava a louça, polui o mar de Cabrua com uma espuma (feita tóxica na mistura com nossos dejetos industriais) que engole suas diminutas cidades. Os homenzinhos de Cabrua, dizem os cientistas, estão adoecendo em função da poluição do solo ocasionada pelos nossos postos de gasolina, e o barulho da nova linha de metrô tornou inabitável boa parte do país.

Eu quero fazer algo pelos homenzinhos de Cabrua, mas não sei exatamente o quê. Eu poderia me mudar, mudar para longe da República da Cabrua as conseqüências dos meus hábitos de consumo, mas em que isso seria diferente de abandonar os homenzinhos à sua própria sorte? Sinto vontade de fazer campanhas, realizar articulações políticas em favor da República de Cabrua, mas como exigir dos meus concidadãos aquilo que eu mesmo não consigo fazer? O que fazer com a nossa imensa cidade, com as suas necessidades inevitáveis? Como poderíamos deixar de lavar louça, de pintar as nossas casas? Para onde vamos desviar o nosso esgoto? A cada prato que eu lavo, a cada guimba de cigarro que jogo fora, sempre que compro produtos químicos em geral, choro uma lágrima por Cabrua e outra por nós, que do dia para a noite nos transformamos em algozes daquele que é, talvez, o último recanto de pureza deste mundo.

SEMEAR RUÍNAS

Escolhemos esse nome, Semeadores de Ruínas, para marcar posição, o que se faz mais facilmente pelo caminho da negativa. Alguém poderia dizer que o que fazemos é plantar pomares, e que Semeadores de Pomares seria um nome mais bonito, leve, que atrairia melhor a opinião pública. Em primeiro lugar, quero dizer que não são quaisquer pomares os que nós plantamos, mas aqueles que, de fato, colaboram nas ruínas; as ruínas é que são nosso propósito – as flores e pomares são os meios de atingir esse objetivo maior, político e filosófico. Um pomar pode ser um pedaço de terra, talvez cercado de imensa cidade, onde se plantam algumas árvores frutíferas, mas dificilmente se pensará numa ruína sem imaginar um prédio carcomido por plantas. Em segundo lugar, reafirmo, pela enésima vez: não nos importamos com a opinião pública; foi a opinião pública movida a diesel que nos levou à situação que hoje motiva e justifica a existência dos Semeadores de Ruínas.

Não somos, como muitos pensam, uma sociedade secreta; sequer somos uma organização, apenas indivíduos que se uniram para realizar determinada tarefa em nome de uma causa comum e que colaboram uns com os outros em laços de solidariedade. Não existe um prédio sede dos Semeadores onde uma pessoa possa se inscrever, receber treinamento, uma picareta e um saco de sementes. Basta começar a trabalhar e rapidamente você será identificado como um de nós, podendo dividir conosco a amizade e a comida. Nos encontramos nas bibliotecas e temos um acordo tácito de que elas devem ser preservadas do nosso trabalho (embora isso, depois, tenha se revelado inútil, uma vez que as baratas, já sem as antigas regalias a seu dispor, não têm remédio senão avançar sobre a celulose dos livros, e que combatê-las seria tarefa de Sísifo).

A visão romantizada, que nos encontra sempre fugindo de perseguições policiais, também não é verdadeira, embora já tenha sido. O fato é que estamos vencendo a guerra; minguam as forças opostas a nós; a autoridade municipal, esfacelada, não tem opção senão usar os seus poucos soldados para guarnecer os comboios que transportam alimentos, protegendo-os dos saques e dos animais selvagens, e a varrição das ruas foi suspensa há tanto tempo que nem é mais necessário arrebentar o asfalto e o cimento: o acúmulo de folhas já formou um solo incipiente no qual podemos plantar nossas sementes – os semeadores mais jovens sequer conhecem a picareta – mas devem isso principalmente a nós, que gastamos nossos braços arrebentando calçadas e avenidas, enchendo-as de ipês e pitangueiras, para que a natureza fizesse o resto. A jaqueira da Paulista (que hoje está imensa), afirmo sem modéstia, fui eu que plantei.

Vejam, eu não estou dizendo que é nossa responsabilidade o atual estado das coisas em geral; os processos que tornaram a vida urbana impossível já estavam instalados muito antes de eu nascer. Nós apenas recusamos o discurso que lamenta o que todos chamam de Grande Catástrofe – na verdade, um evento meteorológico um tanto espetacular que acabou servindo de marco, quando o fato é que a agonia daquele sistema de mundo foi um negócio insuportavelmente lento, dois séculos quase, mesmo depois de todos a terem percebido inevitável. Enquanto os outros sobreviventes, nas fazendas do país, fantasiam um retorno à grandeza, às delícias do passado, ao calor das indústrias, nós cuidamos para que se apaguem de uma vez os vestígios daquilo que entendemos ter sido um erro colossal. Ao nosso lado estão os ventos, a chuva, os insetos e os pássaros.

COMEÇOU COM UMA CAFETEIRA

Costumávamos ser um povo produtivo e pragmático. De fato, o desenvolvimento da técnica entre nós chegou a tamanha perfeição que começamos a ter tempo de sobra para enriquecer de atributos cada produto que saía das nossas fábricas, e em torno desse passatempo universidades e ciências inteiras se erigiram. Com o tempo, no entanto, passaram a ser tão intrincados os atributos de cada um dos nossos produtos, tão fascinantes, duradouros, que sua própria utilidade material e econômica começou a ficar em segundo plano. Há quem afirme que tudo começou com uma cafeteira; algum de nós foi capaz de desenhar uma cafeteira tão perfeita e harmoniosa em suas formas que despertava, além da constatação imediata de sua beleza, um universo imaginário adjacente tão vigoroso e pulsante que indivíduo nenhum, diante dela, se sentia compelido a passar um café. A mesma coisa com as cadeiras: nas suas mais variadas possibilidades, cada uma delas um objeto perfeito e acabado, elas adiavam, pela necessidade da sua contemplação, o momento de sentar-se nelas, e mesmo esse momento se tornara já tão cheio de implicações que, mesmo sentadas as pessoas, era impossível começar uma reunião, ainda mais uma reunião com cafezinho. É claro que há sociedades que vivenciam esteticamente mesmo as atividades mínimas – comer, sentar, fazer guerra, copular; mas essas são sociedades primitivas que tem a felicidade de não sentir falta da luz elétrica e da comida enlatada. Entre nós essa transformação foi desastrosa: apenas os indivíduos de vanguarda se dispunham a trocar constantemente suas cafeteiras e poltronas. Foram inevitáveis as baixas do consumo e da produção, o caos contábil e o desemprego em massa.

Nos momentos de transição, é natural que o mundo antigo ainda se mantenha, sombrio e desestruturado, na presença dos elementos que anunciam (e que depois, finalmente, constituem) o mundo novo. Neste momento, vivemos cercados de torneiras pingando e lâmpadas por trocar, porque a maioria de nós ainda está embasbacada. Os artistas, os únicos, aparentemente, que tinham convívio o bastante com esses processos para, em tal situação, lembrarem-se de cozinhar o feijão, têm sido de grande valia para nós nessas pequenas tarefas que ninguém mais quer fazer.

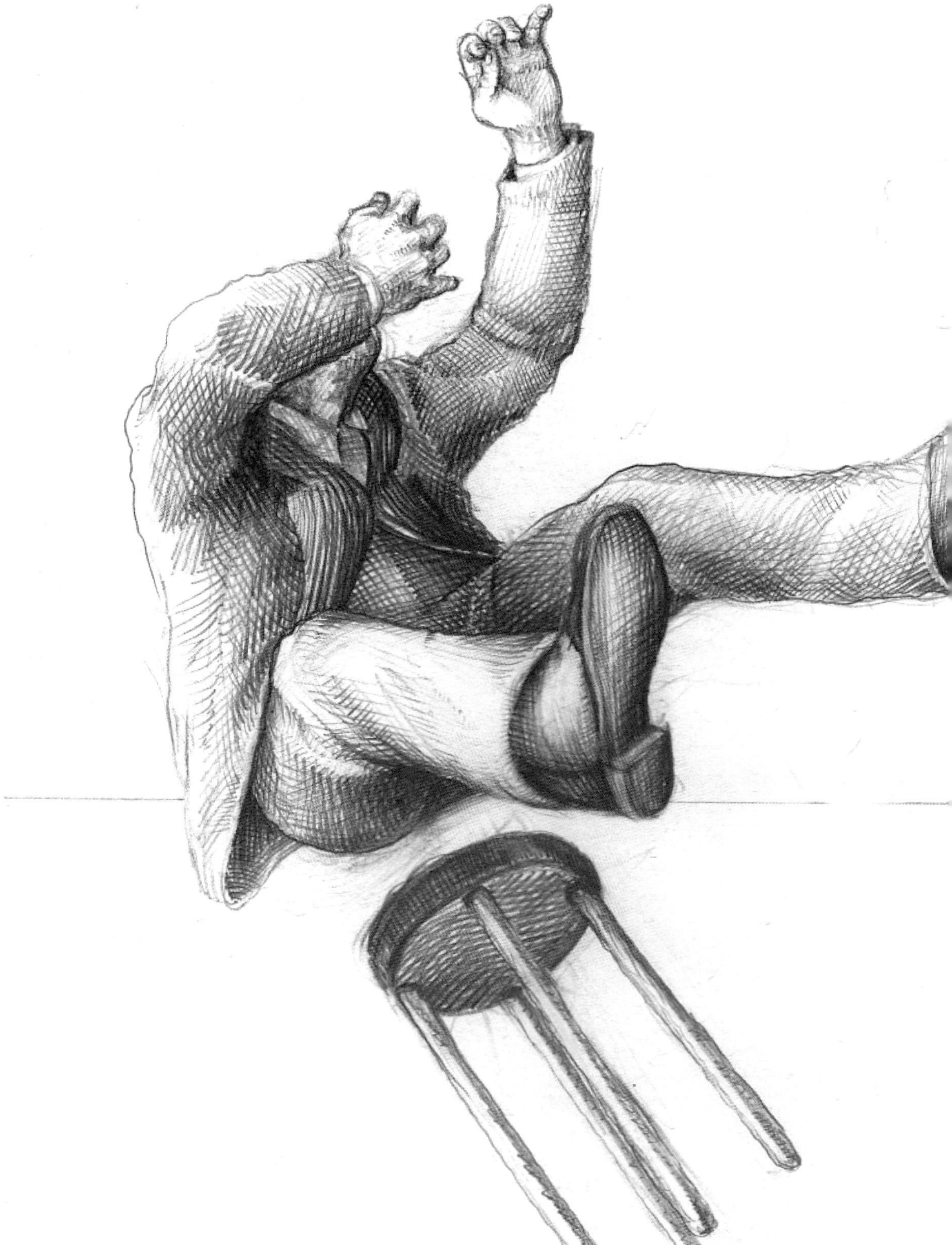

Se de fato, como querem meus amigos, a sociedade caminha continuamente destilando seus elementos na direção de uma pureza de si mesma, imagino que no futuro, perdidos os processos mecânicos que as inventaram e que as justificam, restem apenas as poltronas, as cafeteiras, os paletós, nos altares das cavernas do futuro, ocupando o lugar que lhes é perfeitamente de direito, o de imagem da beleza, e portanto do que é bom, do que é justo, expressão máxima da dignidade humana, reprodução do rosto de deus.

CONSEQUÊNCIAS D'O SEGREDO

Tratava-se de algo que queríamos guardar; afinal, os segredos não têm esse nome à toa, chamam-se "segredos" porque são secretos. *Secretu*, dizem, significa separado, apartado, que não se revela à luz do dia ou dos flashes fotográficos. Inegável que existe um contrassenso em se veicular qualquer segredo através de um best-seller. Fomos e somos, no entanto, uma organização pacífica, que sempre acreditou que a vida humana era mais importante até mesmo que o segredo que motiva nossa existência como sociedade (secreta, obviamente), e foi apenas isso que nos impediu de rumar até a Austrália e dar um tiro na testa daquela mulher, apesar de o tema ter nos dividido em nossas assembleias.

Quando o livro de Rhonda Byrne revelou a todos que para se moldar a realidade de acordo com os desejos bastava pensar profundamente, os mais otimistas entre nós, Portadores do Segredo, quiseram acreditar que poucos seriam capazes de atingir a concentração necessária para plasmar seus desejos na realidade. Estavam enganados: houve época em que saber ler e escrever já era um sinal de grande preparo intelectual; o conhecimento, uma vez libertado, sempre se espalhará. Em pouco tempo grandes fortunas migraram do mercado especulativo para as contas de indivíduos concentrados e otimistas, sem que estes precisassem fazer objetivamente nada. Como os economistas não conseguissem encontrar uma explicação para isso, os mercados entraram em pânico, choraram e espalharam água suja por todos os lados. Quando achávamos que o mundo iria se reestabilizar, com a contratação de Pensadores Profundos pelas megacorporações visando a defesa dos seus interesses e a manutenção do capitalismo, deu-se a emergência do Califado de Nova Iorque, resultado da fantasia do padeiro palestino Mohammed Ibn Tahan, que passou a ocupar o papel de maior personalidade do mundo. Ibn Tahan foi inexcedido na energia com que plasmava seus desejos na realidade, e, enquanto ele viveu, o mundo foi o seu retrato. Podia ter sido pior; tratava-se de um homem tolerante para com as religiões, amante das artes e preocupado com o sistema público de saúde.

Agora, com a sua morte (teria Mohammed Ibn Tahan decidido morrer? poderia ele, se tivesse querido, ter atingido a imortalidade com a força do pensamento positivo?), o vazio de poder que se abre me causa grande preocupação. Tenho conversado com Pensadores Profundos, e o exemplo de Ibn parece ter despertado em todos eles a ambição de ser, como ele foi, o maior de todos – o desejo que fala mais alto ao universo, que suplanta os desejos de outras pessoas que possam (mesmo inadvertidamente) servir de força contrária aos seus. Todos argumentam que não há razão para servir às empresas se eles mesmos podem se tornar maiores e mais importantes que todas as empresas juntas.

Os Pensadores Profundos estão, portanto, travando uma guerra secreta, e não tenho muito a fazer senão pensar para que todas essas ambições se anulem mutuamente. Quero acreditar que, se já não vimos o mundo mudar de cabeça para baixo de novo, então é porque está acontecendo exatamente isso, é porque toda essa gente igualmente medíocre não consegue, desejando só coisas para si, mover a realidade do eixo em que ela se instalou da última vez. Apesar disso, não estou tranquilo; esse segredo (não mais um segredo, um saber público) é coisa muito poderosa e imprevisível. O que há que impeça alguém de, através do pensamento obstinado, mudar a memória da Terra senão o seu próprio passado? E o que há que impeça que isso já tenha acontecido?

O DEBATE ELEITORAL

Não posso dizer em que momento se cristalizou esse ritual que caracteriza os nossos debates eleitorais. Dizer que foi um processo é óbvio, tudo se dá por processos. Este, no entanto, foi tão gradual, tão naturais as suas transformações, que ninguém reparou quando deixamos o campo da decência e mergulhamos nesse quadro de agora. Há muito tempo, quando eu ainda era jovem, o debate eleitoral já era regido pela premissa de que os candidatos aos cargos mais importantes do País não eram capazes de se dirigir uns aos outros com o mínimo de bom senso e cortesia; a palavra e as perguntas já eram definidas pelo sistema de roleta ou de sorteio, o tempo já era rigidamente controlado, de forma a deixar falando, fora do quadro e do sistema de som, o candidato que não fosse capaz de concluir seu raciocínio em, por exemplo, um minuto e trinta segundos exatos; portanto, não posso atribuir o atual estado das coisas a nenhum dado novo, senão ao agravamento de um estado crônico. À medida que as plataformas Deste Partido e Daquele Partido tornavam-se idênticas, era natural que os candidatos passassem a difamar uns aos outros a cada pleito mais nervosamente (sem o que, inclusive, haveria pouco o que conversar). Isto, evidente, não é um fenômeno isolado; a crescente informatização de todos os aspectos do cotidiano fez de nós uma civilização de pessoas nervosas, e acrescidas a isso há promessas, feitas a cada candidato, de tecnologias publicitárias criadas para atingir não nossas ideias, mas os nossos hormônios, o sistema endócrino e os neurônios especializados onde a alma mora, que faz todos acreditarem que têm plenas condições de vencer. A preocupação com a saúde cardíaca dos candidatos (e, é claro, um inconfesso senso de espetáculo) foi o que fez com que se aplicassem neles as ventosas de controle dos batimentos, da respiração, da pressão sanguínea. Mas foi só depois do episódio da mordida na garganta que instalamos o aparato final na festa da democracia: a necessária limitação física entre os candidatos. Nos debates presidenciais transmitidos pelo canal 5 é uma translúcida parede de acrílico que quase não se nota; nas regiões mais pobres do País, uma boa e velha jaula de ferro.

RÉQUIEM

A Escola já tinha morrido quando morreu a Dramaturgia; em seguida morreu também o Teatro. A Família morreu, morreu o Feminismo, o Socialismo, o Neoliberalismo; morreram os Estados Nacionais, morreu o Disco de Vinil e o CD, morreram os Livros, o Cinema morreu. Os Bairros morreram, a Agricultura Familiar morreu, e aí morreu também a Agricultura Extensiva. Os Sindicatos morreram, os Partidos, a Ideologia. Deus já estava morto há muito tempo. Morreu o Jornalismo, a TV Aberta, morreu a Democracia Representativa, morreu a Dicotomia Entre Dentro e Fora.

Optamos por enterrar todos em vala comum e realizamos cerimônias coletivas. Poucos vieram ao velório porque no dia choveu. As Cidades compareceram, mas estavam desarticuladas.

SUGESTÕES PARA O FUTURO

Senhor(a) e/ou Senhores(as);

Fomos informados, pelo cinema, pelo jornal e pelo bom senso, de que o fim está próximo e de que há pouca coisa a se fazer além de ser bem intencionado. Venho, portanto, por meio desta, em uma demonstração de boas intenções, sugerir modestamente algumas adaptações, caso certas doutrinas estejam corretas, e o Senhor(a) e/ou Senhores(as) resolvam recomeçar o mundo depois que as águas e o fogo tiverem devorado a maior parte da terra, ou que uma praga saída dos nossos laboratórios tenha exterminado todas as colheitas, ou todo o gado, ou todos nós. Espero que as minhas sugestões sejam recebidas como as de um leigo, totalmente desinteressado (já que vou estar morto), mas possuidor de alguma experiência.

Acharia digno que nós, animais, excretássemos de maneira mais higiênica, se não for pedir muito. Acredito também que já se tenha percebido que o petróleo e a espécie humana não podem existir no mesmo planeta, então pulo essa parte para, caso o petróleo não seja imprescindível (ou inevitável), sugerir algumas novidades com relação à nossa espécie. O Senhor(a) e/ou Senhores(as) poderiam experimentar, por exemplo, romper os limites que dividem o animal do vegetal; a fotossíntese animal diminuiria consideravelmente o papel da agricultura e da pecuária, amenizando algumas das nossas principais causas de conflito armado. Também seria excelente se pudéssemos plantar órgãos de reposição, pulmões, por exemplo, como se planta uma couve ou um lírio, para podermos nos encher de fumaça sem culpa, sem doença e sem a necessidade de pesquisas laboratoriais patrocinadas por indústrias. Seria muito bom, e é uma ideia viável, que se abolisse a divisão entre os seres que respiram dentro da água e os que respiram fora dela, que tanto equívoco e má vizinhança tem causado. Acho também, embora não por experiência própria, que as fêmeas, de modo geral, sofrem excessivamente, notadamente as nossas, mamíferas – deve haver uma maneira menos dolorosa e neurótica de assegurar a reprodução da espécie e a preservação do feto. No mais, dou meus sinceros parabéns pelos crepúsculos, mas não posso deixar de acrescentar que o candiru é uma invenção perversa.

IV

SACO DE COISAS

O VERME APAIXONADO

Eu sou o verme apaixonado. Eu queria ser um berne, porque se alimenta da carne viva, fica com a boca para fora da carne, pode admirar a lua que ilumina os trópicos. Mas eu, o verme apaixonado, fico com as tolas alfacinhas e maçãs podres, despojos da domesticidade. Meu desejo era me instalar no fundo do objeto amado: eu amo, amo tanto essas criaturas complicadas, eu queria chegar ao profundo que há nelas, ser arrebatado pelo fluxo das suas veias, mergulhar entre as fibras musculares cardíacas, ficar ali quietinho, cálido, doendo – como dói em mim o amor que sinto por eles, queria me unir a eles nessa dor recíproca – sempre lembrado pelo meu amor. Mas eu sou muito pequeno e não os incomodo, e eles tomam soluções químicas que me eliminam antes mesmo que minha presença tenha sido notada, me lavam dos seus corpos como o insignificante grão de poeira, como aquilo que não é vivo e que não tem dignidade, logo eu, que sou tão devoto, eu em quem a vontade queima tão quente, logo eu... Aí me refugio nos restos. Eu tenho tanto para dar sem ter para quem... Por que as criaturas complicadas não me atendem? Por que não me entendem e me acolhem? Por que negam meu amor de verme, meu amor tão bonito de verme, meu amor que não é de ninguém?

O BOI BRASILEIRO

Feliz é o boi brasileiro, que tem para si imensos pastos amazônicos. Pense na vida horrível, por exemplo, do boi europeu. Imagine o pobre boi europeu, confinado em imenso galpão à beira de um fiorde, alimentado com grãos que mal consegue digerir, razão pela qual vive fraco e lhe dão tanto antibiótico. O boi brasileiro tem os olhos inundados pelo verde de uma abundância que seus ancestrais sequer podiam imaginar; ele pisa sobre a comida, deita-se sobre ela para olhar sonolento pro mundo – ele sabe o que são as estrelas, o que é o medo da onça, sabe o que é seguir um homem da porteira até o cocho no apelo irresistível de um saco de sal. O boi europeu jamais ouviu o coro harmônico dos cascos ritmados, só a cacofonia que fazem contra o concreto daquelas baias pequeninas de onde eles juntam lagos de merda, mais podres que o Reino da Dinamarca.

Feliz é o boi brasileiro porque tem espaço, mais espaço que o homem que o cria (que, em geral, tem só o espaço do boi), e mais que a maioria imensa de todos nós que dependemos do mercado imobiliário. É verdade que um dia ele faz uma viagem, apertado contra seus iguais em acomodações indignas, rumo ao abatedouro. Mas, ainda assim, é feliz; só faz essa viagem uma vez na vida e não pela vida afora, em todos os dias úteis.

DESCRIÇÃO DE UMA ESQUINA

Em uma esquina, apenas a faixa de pedestres; nenhum semáforo, nenhum sinal, farol ou sinaleira. A esquina em questão tem a forma de um T, e não de uma cruz, o que significaria menos uma fonte de fluxo, menos um rio a desembocar automóveis na esquina onde não há farol, apenas a faixa de pedestres. Acontece que a rua que alimenta essa esquina, o traço superior do T, tem duas mãos opostas que se encontram no ângulo, de maneira que todos os carros são obrigados a enveredar pelo traço vertical do T, uma estreita rua dominada por bares, todos da mesma dona. Resulta que, nas horas mais movimentadas, é simplesmente impossível atravessar, impossível. Os pedestres se avolumam junto das sarjetas paralelas, como o gado que espera a hora propícia para atravessar um rio. A calçada, que está longe de ser larga, fica tão cheia que os camelôs já desistiram de expor naquele canto. A maioria está habituada e espera, mas há sempre um herói, um candidato a macho alfa da manada, em geral um jovem tolo e grande, que por ser grande costuma ganhar espaço entre as pessoas, e por ser tolo acha que também o conseguirá com os carros. Esses freiam assustadoramente sobre o jovem, mas não chegam a frear inteiramente, não o bastante, pelo menos, para dar a entender que o jovem venceu – não querem deixar dúvida sobre quem manda, os carros. Nesse momento tudo depende do herói, de sua atitude individual, seu livre arbítrio, o que prova que não está de todo esgotado o sentimento da grandeza em nosso mundo; se ele se retrai de volta à sarjeta tudo está perdido: será preciso esperar o horário (cada vez mais distante) em que o trânsito diminui de intensidade, ou então esperar, com a ajuda dos deuses, a intervenção de outro herói. Mas ele pode não voltar. Ele pode estacar orgulhoso diante do carro por alguns segundos, dirigindo ao motorista, essa entidade vaga atrás do vidro escuro, um olhar firme, decidido. E então, aproveitando o momento, avançam todos de forma compacta, uma onda irresistível que atravessa a rua, tantos quantos conseguirem até que o carro, agora ele o animal, devagar os comece a empurrar com o focinho.

O CEGO

Na cidade o jardim, e no jardim o cego que apalpava as flores. Eu disse Cego, não apalpe as flores, assim você vai amassá-las todas. O cego apalpava e apalpava, e o chão se cobria das pétalas, que tombavam às dezenas, desligadas de todo da vida; naquele canteiro daquele jardim, naquele canto daquela cidade: um onze de setembro para as pétalas. Eu gritei Cego, não apalpe as flores, as flores são para ver e cheirar, para apalpar procure uma almofada; cheire as flores, Cego. O cego me disse Não se grita com um cego, é ofensivo, e seguiu apalpando, mas não era capaz de ver minha cara lívida e meus olhos quase às lágrimas, nem o jornal em minhas mãos denunciando as ondas de tremor me chacoalhando dos joelhos às mandíbulas. Era um cego brutal esse cego, nem sequer as apalpava com cuidado, como se apalpa uma chama, mas como a uma cabeça de cachorro, como a uma bunda, devia ser o tipo que esgrima a bengala contra os calcanhares das pessoas nos transportes públicos, um cego detestável, enfim; e eu então gritei mais alto ainda Pare com isso, cego, elas não são só suas. O cego fingiu-se de surdo. Eu avancei em direção às flores com a chave de casa em punho, bloqueei o cego com meu corpo, cortei os talos das flores e as levei comigo, protegendo, com as mãos em concha, as suas pétalas. Alguém gritou comigo por ter derrubado o cego (as pessoas intervém em situações que desconhecem sempre com a leitura mais precipitada), eu corri sem olhar para trás, temendo alguma violência, e cheguei à minha casa. Sem ter outra coisa o que fazer com as flores, as coloquei em um bonito jarro plástico com água e o pus diante da janela, onde todos poderiam vê-las atrás do vidro fechado e onde ninguém as apalparia, nem eu (se quisesse ter coerência); naquela janela daquela cidade, a cidade no país, o país no continente, o continente no mundo, o mundo em volta da estrela, a estrela na galáxia, galáxia no cosmos, o cosmos onde?

KASIMIR MALEVITCH

Por ter um título, sou obrigado a ver nesse pequeno quadrado vermelho uma camponesa da Rússia pré-revolucionária, com seus dois braços fortes enquadrando seios fartos, a pele branca irritada pelo sol gelado, olhos fundos pela opressão do regime czarista e todo esse vermelho onde logo depois se pintaria um emblema. Mas durante muito tempo, na minha memória, O Quadrado Vermelho foi isso, um pequeno pequeno quadrado vermelho que cruzou o oceano para ser pendurado em uma parede branca diante de centenas de olhos curiosos, entre os quais os meus, que não prestaram atenção ao título: perdi a camponesa, perdi as mangas arregaçadas, os olhos azuis, fiquei apenas com a forma elementar de um quadrado, com a declaração de que é possível fazer quadrados vermelhos e pendurá-los em paredes diante de centenas de olhos, que isso não atrai a chama divina, o raio vingador, que é perfeitamente possível viver em um mundo onde se pintam quadrados vermelhos, que um homem pode inclusive passar a vida inteira pintando quadrados e ainda ser um homem realizado, feliz com sua obra e respeitado por seus pares, e que isso não faz, na realidade, diferença nenhuma e quase ninguém se importará. Hoje, tantos quadrados depois, tudo isso é fato vulgarmente conhecido e já não causa nenhuma impressão, mas, em 1915 (quando se acreditava ainda em certas coisas), deve ter sido uma declaração muito importante. Foi importante o suficiente para atravessar as décadas e ser importante para mim, na idade em que eu estava. Esse quadrado vermelho me ajudou a lidar com outros quadrados pela vida de maneira mais positiva, destacadamente com certos quadrados azuis cobalto que ainda me causam grande consternação (se bem que, no caso, não pela maneira como são quadrados, antes pela maneira como são azuis), e por essa razão o amei. Muito tempo depois, graças a essas ferramentas que nos respondem até aquilo que não perguntamos, fui saber que aquele quadrado tinha nome e qual era ele, e confesso que me sinto um pouco injustiçado (traído mesmo) por esse conhecimento do título do quadro, depois que ele já tinha se instalado em minha memória como um marco, uma descoberta maior, muito maior do que a camponesa russa, por mais bonita, mais loira, mais russa que eu a possa imaginar.

UM DESENCONTRO

Naquele canto do Espaço, na zona habitável daquela estrela, orbitava um planeta pequenino – mas não pequenino a ponto de não conter a atmosfera, nem de fazer curtos demais os dias e as noites. Nele havia mares e montanhas, agitação de placas, renovação constante da matéria. Ali deu-se a vida: da ligação química misteriosa vieram as criaturinhas invisíveis; das criaturinhas invisíveis, fantásticas águas-vivas, e das fantásticas águas-vivas os animais de ossos, músculos e desejos, que ocuparam todo o pequenino planeta. O tempo passou, moveram-se as placas, e a vida persistiu experimentando formas em gerações de variedade incontável. Por acaso, por certos fatores, surgiu um animal que falava e construía e tinha dúvidas, e esse animal prosperou; se espalhou e se impôs sobre o pequeno planeta. Teve dúvidas a respeito das estrelas e construiu objetos para vê-las, se perguntou se estava só; construiu veículos para visitar suas luas, mas elas estavam desertas; jogou mensagens na vastidão insondável do espaço (como pensavam que seriam decifradas?). Olharam um pouco mais longe, para outro planeta, o mais próximo na zona habitável daquela estrela, ligeiramente maior apenas: ali parecia haver vida. Gerações foram gastas na construção de um veículo capaz de percorrer a distância entre os planetas, levando os animais e os trazendo de volta em relativa segurança. Ao desembarcar da espaçonave, aqueles animais aventureiros encontraram montanhas, mares, rios; ali os dias e noites não eram tão curtos, a atmosfera era rica e densa, mas eles não encontraram vida. Decepcionados, voltaram.

O tempo passou, moveram-se as placas: mudaram as montanhas, mudou o nível das águas e a composição química do ar, e a vida tornou-se impossível para os animais com dúvidas; os descendentes deles pereceram, depois de perderem seus melhores traços, e muito tempo depois pereceu toda a vida; o pequeno planeta esfriou até o núcleo, sua atmosfera foi embora e ele ficou deserto como suas luas.

No planeta vizinho, a essa altura, saíam dos mares seus primeiros animais de patas – mares onde já estavam, muito antes, escondidas criaturinhas invisíveis, incapazes de dizer *oi* aos forasteiros. Entre as gerações de seres sensíveis nasceu outro animal de dúvidas e ferramentas; ele também prosperou e prosperaram seus sistemas, suas indústrias, ele também perseguiu as estrelas, quase ao preço da vida de todo o planeta, que estava exangue de sugado quando finalmente fizeram uma nave para visitar o planetinha vizinho. Já não havia ali, no entanto, nem sinal das grandes cidades, dos estaleiros gigantescos, das lentes de diâmetro colossal – nada havia de vivo ou de construído pela vida que não tivesse sido processado pelo tempo, devolvido ao universo ou à poeira do chão. Os animais concluíram que no planetinha nunca houvera vida, que ali a vida era impossível, e que talvez eles estivessem mesmo sozinhos no universo. Decepcionados, voltaram. E o tempo passou, e moveram-se as placas.

COMERCIANTES

É costureira, vende calças e também outras coisas cujo nome não convém dizer na forma escrita, em gravações (auditivas ou audiovisuais) ou em conversas telefônicas, e que, por isso, ela chama também de calças, embora não sejam. Encontra-me sempre diante de uma drogaria próxima a uma praça de má reputação, na esquina entre uma grande avenida e uma rua frequentada por homossexuais e africanos, e onde eu espero com a naturalidade de alguém que espera – de consultas ao relógio, olhares afoitos para os lados, coisas assim. É muito simpática, apesar da grande cicatriz, e nos cumprimentamos como amigos queridos para não levantar suspeitas dos funcionários da drogaria, o que provavelmente é inútil, porque, se nos observarem por mais tempo, verão eu dar-lhe o dinheiro com um gesto que poderia significar qualquer coisa e ela enfiar algo no meu bolso entre os olhares suspeitosos. Ela me conta fiapos da sua vida, comentamos sobre um conhecido em comum, mas não damos confiança um ao outro, porque na verdade não nos conhecemos e provavelmente não nos gostamos, eu a considero ligeiramente repulsiva, e ela deve ter sobre mim todo o tipo de impressão negativa e imaginar ainda maior do que de fato é o abismo que há entre nós. Em outro mundo poderíamos ser amigos, íntimos quem sabe, ela poderia ensinar minha esposa a costurar, eu lhe ensinaria minhas receitas de doces e lhe apresentaria meus poetas favoritos. Em ainda outro mundo, nós sequer nos teríamos conhecido, então eu prefiro este, porque dela dificilmente eu ouvirei a notícia de que sumiu porque matou alguém. Depois do encontro velocíssimo, nos despedimos com todo o jeito de quem disfarça a pressa, eu beijo a imensa cicatriz do seu rosto, ela me diz que não deixe de ligar e nos separamos bem a tempo de evitar a passagem daquele homem que com certeza é um ganso, anda como um ganso, para como um ganso, tem o olhar e a atitude, a empáfia e a maldade do ganso.

V

SEGREDOS E INTIMIDADES

MEU CASAMENTO

Sei que ela se aproximou de mim por interesse, mas isso não tem importância, porque, ao contrário do que querem nos fazer acreditar as novelas da Rede Globo e os poemas de Vinícius de Morais, o importante no amor é o conviver harmonioso, e isso nós temos de sobra. Conhecemo-nos em um bar muito caro que eu frequentava para ficar sozinho no meio das pessoas (era essa, naquele tempo, uma das minhas 16 formas favoritas de solidão), e quando a vi me apaixonei de imediato. Pensei que ela também tinha se apaixonado, porque foi muito receptiva; ao apenas captar meu primeiro olhar já tomou toda a iniciativa e me conduziu até um hotel, com aqueles olhos indizíveis cravados em mim e um sorriso que era todas as promessas. Ali, no hotel, ao acordar na banheira repleta de gelo com dois cortes profundos e abertos na altura dos rins, eu compreendi o que havia acontecido. Fiquei triste, mas confesso que nem tanto; ainda estava, na verdade, embriagado pelo prazer da noite, pela memória dos cabelos e dos lábios, por aquela temperatura que é específica da carne. Fazer o quê? Os homens são viciados na beleza, e eu sou um romântico incurável. Tapei como pude os buracos e fui para casa, ansioso por encontrá-la de novo. Ela não me dissera nem nome, eu não tinha por onde começar a não ser pelo lugar onde nos vimos. Demorou uma semana, mas a encontrei no mesmo bar. Abordei-a com certa dificuldade (foi a primeira vez na vida em que abordei uma mulher) e procurei não tocar no assunto do rim, porque, como todos sabem, não se censura a quem se quer seduzir. Acabamos indo parar no mesmo hotel e em tudo foi como reviver um sonho, inclusive acordar solitário na branca banheira de gelo, dessa vez sem o fígado. Nesse momento fraquejei, porque tinha uma leve ilusão de que eu a tivesse conquistado, afinal eu conhecia as prostitutas e as suas manifestações mecânicas de prazer e elas não eram em nada parecidas com o ronronar da mulher a quem eu pagava o amor com minhas vísceras. E eu novamente tinha me esquecido de pegar seu telefone. Sofri como um adolescente, mas minha agonia foi breve; uma semana depois, a encontrei novamente no bar, e, a partir daí, começamos a nos encontrar com regularidade combinada. Mesmo que ela roubasse um pedaço de mim a cada encontro, mesmo assim eu me sentia recompensado – quem é que vai me culpar? Eu nunca tinha experimentado o amor. Meu único amigo me dizia que isso um dia ia me matar, que ela iria me abandonar assim que eu ficasse sem órgãos e que ela não me amava. Mas a maneira como o nosso namoro se transformou em casamento prova o contrário; a verdade é que ela jamais vendeu um item sequer do que roubou de mim. Por aquela razão que a razão desconhece, ela não teve coragem de os vender – é claro que já estava apaixonada. Só soube quando ela finalmente roubou meus olhos, o último tecido comercializável do meu corpo. Depois, ela encontrou meus ossos, músculos, cérebro e outras vísceras e me reuniu no seu apartamento. Foi essa a sua declaração de amor, de maneira que, por mais que eu a tenha cortejado tanto, posso dizer que foi ela quem me pediu em casamento, e estamos juntos há décadas. Somos muito felizes juntos: ela sabe fazer um pudim magnífico e contribui bastante com sua renda.

DEPOIMENTO DE UM BAILARINO

Imaginei que estivesse girando eternamente, girando, girando, e que essa mágica maldita me impedia de parar de girar, mas já compreendi que não é isso. Se fosse esse o caso, meus colegas já teriam parado de girar à minha volta, talvez interrompido o espetáculo, mas mais provavelmente me arrastado para os bastidores, onde eu teria sido interceptado pela diretora, já teria sido esculhambado e demitido por não cumprir a minha marca, por não parar de girar quando a coreografia manda. Mas eu olho para os meus colegas (não tranquilamente, é claro, mas com aquele terceiro olho que qualquer bailarino tem, que registra o turbilhão em detalhe e o detalhe em turbilhão) e eles também parecem girar eternamente; a plateia que adivinho nas trevas não parece nem um pouco surpresa e, na verdade, por mais que eu sinta que estou girando há anos, décadas, ainda não terminei de atravessar o palco até o proscênio, onde a marca manda que eu estique a mão até a bailarina que gira atrás de mim, encaixe seu joelho por sobre meu ombro direito e, de volta à posição ereta do tronco, alce meu corpo para o alto, na meia ponta, com ela sobre mim, nossas mãos no ar desenhando a harmonia de dois amantes fictícios.

Agora compreendi que não estou girando eternamente, mas que estou apreendendo o mesmo giro de todas as sessões como se cada milésimo fosse um dia, um ano, não sei... Esse tempo expandido se tornou tempo de sobra para eu refletir sobre o que fiz para me ver nesse cercado. A criatura que libertei da sua prisão disse que me concederia um desejo. Os três desejos, a resignação dos gênios presos nas lâmpadas, são invenções da literatura ruim; nas Mil e Uma Noites os gênios são violentos e não se importam com seus libertadores, de maneira que eu me achei abençoado por minha recompensa ser um desejo e não um golpe de machado na cabeça. Eu podia ter pedido dinheiro, sexo, fama, mas sabia que esses pedidos em geral são armadilhas, li muitas histórias a esse respeito; o sujeito pede um harém e torna-se impotente, pede o mais lindo jardim e torna-se cego, pede toda a riqueza do mundo e vai-se embora tudo o que ele ama. Não quis pedir, portanto, nenhum apêndice da felicidade, quis pedir a felicidade em si, e formulei o meu pedido da seguinte maneira: "desejo me sentir sempre como me sinto quando danço", certo de que apenas dessa maneira eu poderia for-

mular o indescritível, a sensação de harmonia de um giro perfeito, quando o corpo deixa de ser esse acúmulo de órgãos, de dores compartimentadas, para ser uma unidade, uma estaca que gira no seu eixo, apoiada na terra, confidente do ar.

Agora, preso eternamente nesses instantes, a plenitude do corpo esticado tornou-se minha natureza, minha rotina, minha condição – não permite variação, não permite relações; é um deserto ou uma solitária. Não sei se o gênio (o demônio, seja lá o que aquilo for) fez isso por crueldade, se fez por pura ignorância do ser humano – por uma deformação de como os seres eternos percebem o tempo, uma suposição inteiramente equivocada por parte do gênio de como nós o percebemos, um erro de cálculo, apenas. Eu me pergunto o que acontecerá quando eu atingir o proscênio. Atingirei o proscênio um dia? Será que um dia, daqui a essa meia hora que minha consciência multiplica por milhões de anos, o espetáculo vai acabar? E o que eu farei então, será que saberei viver e pensar fora do giro, será que um dia poderei me curvar, aliviado, para os últimos aplausos? Será que poderei morrer em paz?

A CRIATURA

Tenho certa dificuldade com as pessoas; sempre as achei imprevisíveis e labirínticas demais, compreendê-las sempre me pareceu exaustivo. Não que eu ache que elas jamais possam ser compreendidas, o problema é fazer isso em tempo hábil para qualquer coisa, para dar uma resposta, permanecer ou não na sala, aceitar, recusar. Se pudéssemos simplesmente interromper uma pessoa, deixá-la suspensa em sua existência para refletir com mais calma a seu respeito e só então continuar a relação, eu veria nisso um alívio. Por isso sempre preferi os livros, meu melhor passatempo, e a escultura, a minha profissão. Os livros são como vozes humanas que você pode interromper, engavetar e retomar depois, e as esculturas que mantenho à minha volta acabam funcionando um pouco como os corpos dessas vozes. Essa minha existência isolada seria completamente satisfatória se eu fosse, é claro, imune ao desejo e à vontade de amar. Tentei as prostitutas, mas o fingimento delas me deixava confuso, e a confusão me roubava o prazer.

Em determinado momento da minha vida, quando a solidão se tornou insuportável, decidi que uniria essas minhas limitadas fontes de prazer em uma só, completa. Não havia, nessa decisão, nada que eu tivesse inventado – nos tempos de hoje, graças à globalização, não é preciso ser judeu para estudar a cabala, nem ser homem, sequer ser adulto, só ter tempo e disciplina – apenas comprei pela internet uma edição em fac-símile das vinte e três colunas in-folio nas quais o rabi Eleazar Ben Judah Ben Kalonymus ensina a produzir uma criatura a partir de "matéria amorfa e sem vida". Depois de ter estudado o alfabeto das duzentas e vinte e uma portas, anunciei que procurava uma modelo e a escolhi com muito cuidado; uma moça de corpo tão perfeito que eu mal pude me concentrar na tarefa de reproduzi-lo na argila. A moça, durante as numerosas sessões necessárias para que eu fizesse a escultura, pareceu entender e respeitar meu silêncio e me lançava olhares simpáticos, o que me fazia desejar terminar logo meu trabalho, não para vê-la ir embora, mas para que ela ficasse para sempre.

Enfim, terminei a peça, recitei o alfabeto sobre cada órgão do seu corpo e dei-lhe o terço de alma *(nefesh)* necessário ao meu propósito. No início parecia perfeito, a criatura reproduzia cada aspecto de uma mulher; eu sentia o sangue correr sob sua pele quando a agarrava, e ela sabia até sorrir, morder os lábios e suspirar, apesar de incapaz de articular um pensamento. Rapidamente, no entanto, meu prazer caiu no vazio; não havia nada nela a ser decifrado, seu repertório de carícias era limitado, ela não fazia nada além do que eu ordenasse e rapidamente me senti sujo como se estivesse abusando de um animal. Foi nesse momento que a modelo me visitou, sob pretexto de ver meu trabalho e abrir meus livros de poesia. Por algum motivo que ignoro, sua admiração pelas minhas esculturas parecia sobrepujar minha figura, e ela me desejou. Descobri, admirado, que ela também apreciava o silêncio, e mais, que o silêncio dela não era como o do meu *golem* e o das estátuas, um silêncio duro, imbecil, de pedra; era mais como o silêncio dos livros, redondo, cheio de implicações e de promessas. Nos casamos, e eu desfiz o encantamento sobre a estátua apagando a primeira letra da palavra oculta em sua testa. Quis me desfazer da própria estátua, mas minha esposa não quis permitir (eu não tinha como explicar o motivo): a estátua ficou. Tivemos nossos anos de felicidade, planejamos filhos, prosperamos juntos. Uma vez, em que ela viajou durante meses para posar para algum fotógrafo tendo como fundo um deserto distante, eu caí na armadilha da saudade e ressuscitei o *golem*. Foram dois os gritos que minha esposa soltou naquela noite em que entrou no quarto com pressa, feliz por ter voltado mais cedo: o primeiro, de raiva e decepção, ao ver um corpo feminino nu de joelhos diante de mim, boca mergulhada no meu sexo; o segundo foi de pavor, ao ver, quando o *golem* se virou, que era com ela mesma que eu a traía. Nós nunca imaginamos como uma pessoa vai se comportar em uma situação dessas; ela se trancou no quarto com uma garrafa e eu, depois de bater na porta até cansar, desci até meu estúdio para ficar em silêncio. Não sei se ela de fato se jogou, ou se desequilibrou de bêbada, mas o fato é que ouvi um baque seco no quintal de casa, depois a encontrei com o pescoço quebrado. Eu devia ter feito diferente, mas o pavor de dar explicações a sua família (que eu sequer conhecia), aos policiais e ao IML me levou a ocultar o corpo. Todos agora pensam que algo de estranho aconteceu com ela porque, nas raras reuniões a que compareço apenas para não levantar suspeitas, ela não responde mais que as duas ou três frases que a fiz decorar. Minha terrível solidão foi restaurada, sou obrigado agora a conviver com essa criatura a quem detesto por ter sido o motivo da morte da mulher que amei, mas em quem não posso deixar de ver seu rosto e sua beleza intocada. Deixo-a, na maior parte do tempo, na forma de estátua e, quando a animo, ela não me oferece mais consolo do que uma pornografia qualquer, seguida sempre de fastio e de embaraço.

UM DOM ÚNICO

É algo que eu queria querer e que por muito tempo achei que quisesse, mas só enquanto esteve no plano do irreal. Isso deve ser comum, apenas quem é completamente vítima não se imaginou nunca na posição de salvador, não se fantasiou capaz de realizar grandes coisas e merecer o agradecimento emocionado daqueles que são completamente vítimas. Esse impulso se contraía e expandia, regulando meus pensamentos sobre o assunto e a prática de alguma pequena caridade; nos dias em que eu me sentia privilegiado e capaz de grandes gestos, chegava a dar esmolas de cinco reais para aleijados (que, se iam gastar tudo isso em *crack*, pelo menos tinham um motivo trágico), mas, em geral, o peso das minhas múltiplas (e crescentes) necessidades me fazia sentir-me incapaz de causar qualquer bem significativo a qualquer um, e mais ainda de fazer a menor contribuição ao estado geral das coisas, o que me chateava e entristecia, mas só isso; aborrecimento minúsculo, uma tranquilidade de derrota prévia, a que eu estava perfeitamente acostumado porque simplesmente não podia fazer nada, assim como ninguém pode, ninguém. Então veio o corte.

Foi um corte fundo que eu fiz na mão, descascando uma laranja; meu grito assustado se seguiu de silêncio, minha esposa veio ver e também ficou muda; do corte na minha mão jorrava, em vez de sangue quente e vermelho, um veio farto de água transparente, fresca como a de um filtro de barro. Pressionei a ferida; era inestancável, parou rápido de doer, mas continuou jorrando – eu apavorado, mão enfiada na pia deixando que a água corresse –, e até resolvermos o que fazer deve ter jorrado da minha mão muito mais água do que caberia nas veias de qualquer ser humano, se corresse água em nossas veias. Me recusei, claro, a ir a um hospital; por sorte meu cunhado veterinário pôde vir correndo até em casa para costurar a ferida, e foi preciso que ele fizesse pontos muito juntos, quase um ponto sobre o outro, para que a água parasse de jorrar.

Foi meu cunhado o primeiro a sugerir que aquilo era um dom único, que me colocava em obrigação para com o resto do mundo – quanto tempo eu precisaria permanecer com os pulsos abertos para, por exemplo, encher um açude? Minha mulher, que não queria me perder para nenhuma grande causa, não disse nada no momento, mas ajudou a convencer seu irmão de que aquilo devia permanecer em segredo. Contei a dois ou três íntimos e ouvi as mesmas cobranças: pode ser que amanhã o planeta esteja seco (estamos caminhando para isso) e que eu seja a última fonte de água pura do mundo; o que eu faria então, perguntam eles com o dedo em riste. Digo que não sei, que espero não viver para ver esse dia, e se viver, chegando lá decido. Então vejo que é muito mais triste isso; antes, quando eu achava que queria – e me sentia impotente –, era minúsculo meu aborrecimento, mas agora que sei que poderia fazer algo único, que poderia merecer toda a gratidão do mundo, descubro que não quero e nunca quis. Tudo estaria resolvido se eu tivesse atingido um completo cinismo, um individualismo sem pudor nenhum; quem sabe aí eu fizesse fortuna com meu dom e respondesse às cobranças dos bem-intencionados com uma risada de escárnio e só. Mas eu não consigo ser assim, eu costumava ter opiniões e me orgulhar delas, e embora eu já não tenha coragem de defendê-las (porque falam tanto de ajuda ao próximo), não consigo me desligar delas totalmente, elas fazem parte da formação do meu espírito, de como eu me enxergo como homem. É por isso que meu dom permanece em segredo, porque eu queria querer, mas eu não quero. Me envergonha que eu não queira. Minha maior vontade era me cortar em casa e ver pingar sangue vermelho da minha carne, como da de qualquer um, e descobrir que a coisa já passou. Meu maior medo é me cortar em público e descobrirem todos que ainda não.

O MEDO DE ERRAR

É bem provável que eu falhe um dia. Tenho, aliás, quase certeza de que um dia vou falhar; as consequências todos nós enfrentaremos. Minha missão é simples, até ridícula: devo manter cheio de água limpa o bebedouro para pássaros que há no meu quintal. O bebedouro é de vidro grosso, antigo, tem cinco bocas, onde cinco pássaros podem simultaneamente se servir. Deve estar lá há muito tempo; imagino que tenha estado desde sempre, claro que não na forma de bebedouro – provavelmente foi antes uma cuia de barro suspensa numa árvore e antes disso o côncavo de uma folha, mas é necessário acreditar que ele sempre tenha estado lá, para que minha missão e meu pavor tenham sentido.

Está escrito no contrato de aluguel da casa que eu devo manter o bebedouro sempre limpo e cheio até, no mínimo, a metade (ele tem três litros de capacidade), e que a coerência da realidade depende desse zelo. Moro ali há quatro anos e tenho conseguido manter a realidade coerente desde então, mas eu nunca consegui fazer nada diariamente em minha vida, esses quatro anos me surpreendem, eu vivo à espera do momento em que falharei. Parece, segundo o que me explicou a proprietária, que não estou sozinho nessa missão. Ela não me deu detalhes, mas imagino espalhadas pelo mundo outras pessoas encarregadas de preservar a realidade no cumprimento de tarefas minúsculas, manter um sapato engraxado, acender e apagar uma lâmpada.

O mito judaico acredita que um punhado de trinta e seis homens justos, os *lamed wufniks,* justificam os homens diante de deus, que do contrário nos destruiria. Eu sei que a tarefa de manter o mundo coeso e habitável está nas mãos de homens precários como eu, eu não sei quantos, eu não sei onde. Um dia, quando o medo de errar me atormentava, eu concebi essa hipótese, que tranquiliza e ao mesmo tempo é apavorante, e na qual sei que não posso me fiar: a de que alguém já tenha fracassado antes de mim, que um dos meus pares espalhados pelo mundo já tenha deixado de limpar seu bebedouro, de tirar a poeira de um perpétuo tapete, e que esta realidade, a

nossa, já seja a realidade deformada, o mundo sem ordem que antecede o fim dos tempos, como se cada um de nós guardasse um selo, não um pilar. Então a minha negligência, quando vier, será apenas mais uma; o universo não se desintegrará imediatamente, eu apenas terei contribuído com uma parte (como saber qual? de que tamanho?) do estrago. Às vezes tenho vontade de deixar de limpar o bebedouro ou de quebrá-lo, adiantar de uma vez a desgraça para que eu não tenha mais de temê-la. Me falta coragem. Eu, que nem gosto tanto assim de pássaros...

A VERDADEIRA VOCAÇÃO

Isso por enquanto é um segredo e ainda não o revelei para ninguém, mas em breve me retiro dessa existência vulgar de orçamentos e cronogramas e parto para cumprir minha verdadeira vocação: ser pirata, saquear cidades praianas e mutilar inimigos, ter a pele morena e os bigodes loiros de sol, aprender a manusear a faca, o barco, corromper mocinhas ruivas inocentes, tomar um banho por mês. Eu não serei o primeiro homem da minha família a adotar uma existência errante e aventureira; meu bisavô, pai da minha avó materna, era cigano; perdeu-se dos seus em uma enchente tremenda e não encontrou outro remédio senão viajar pelo interior como famoso pianista (como não sabia tocar piano, a única maneira que encontrou de continuar na profissão era sair da cidade antes que o pano abrisse no teatro, levando o dinheiro da bilheteria). Meu avô me conta que, muitos anos depois, seu sogro ainda podia passar uma agulha pelos buracos vazios nos lóbulos das orelhas. Antes de mim e depois de meu bisavô, meu pai foi pirata. Ele não traz perna de pau nem olho de vidro, mas ostenta com orgulho o dedo mínimo mutilado em batalha, cortado pela metade por uma espada inimiga, testemunha das aventuras vividas antes de ele se tornar advogado da Rede Ferroviária Federal. É na parede da casa do meu pai que está aquela marina mitológica, um quadro a óleo menor que uma folha A4, que dominou meu sonhos na infância e os domina até hoje. Trata-se de uma paisagem escura, com nuvens carregadas sobre o mar cobalto que castiga uma pedra. Meu pai sempre me disse que dali viria um barco. Minha vida inteira até agora, portanto, não tem passado de um prólogo enfadonho para as novas aventuras que virão depois deste momento, e eu sinto que o momento se aproxima. Já começo a arrumar as minhas malas e, quando chegar a hora (me avisará um sonho? Ou será que eu simplesmente saberei?), me colocarei diante da marina tormentosa, esperando surgir o barco que virá de fora da moldura para me buscar: uma fragata de velas negras enfunadas, na qual embarcarei sem olhar para trás, para longe dessas buzinas, longe da fumaça e da fuligem, do horror sem nome exposto em cada esquina, dessa carga tributária intolerável.

HERANÇA

Estou enfrentando, neste momento, uma terrível indecisão. Diante de mim essa caixa fechada que pode ser a solução de todos os meus problemas. Senão de todos, daqueles ocasionados pela falta de dinheiro, principalmente desta conta de 10 mil reais que me maltrata a alma há uma semana. Foi assim: eu estava ao volante e refletia tão profundamente sobre o problema dos direitos animais que acabei entrando na contramão na dona Veridiana e batendo no carro de luxo que vinha em alta velocidade. Pouca coisa sobrou do meu carro. Toda parte da frente do carro de luxo ficou destruída (graças a deus ninguém ali se feriu, porque nesse caso eu teria também de pagar um hospital de luxo); quebrei a clavícula direita e fui atendido na Santa Casa de Misericórdia, depois de pegar o telefone do advogado do outro motorista. Agora tenho a clavícula quebrada e uma dívida de 10.000 reais. Para explicar a razão pela qual a caixa pode me salvar, tenho que ir mais longe.

É herança do meu avô; um baú grande, de viagem, construído com madeira muito sólida e antiga. Pregado sobre ele há uma espécie de envelope de couro; dentro desse envelope, a carta em que meu avô morto explica o conteúdo do baú: a cabeça imortal da Hidra de Lerna, vítima incompleta do 2º trabalho de Hércules. Bom, é de conhecimento geral que, das nove cabeças da Hidra, uma era imortal, e que Héracles a enterrou após destruir o monstro, provavelmente ali perto dos pântanos de Lerna. O escritor argentino Jorge Luis Borges supôs que a cabeça ainda está lá, enterrada até hoje debaixo da rocha imensa; e, nesse caso, meu avô estaria mentindo. Não tenho certeza. Afinal, sei lá eu o que aconteceu aos pântanos de Lerna desde esse episódio pré-homérico; ninguém garante que eles não tenham sido drenados, as grandes pedras removidas, e transformado em um estacionamento ou em um complexo de bingos (se houver bingos na Grécia). Nesse caso, alguém teria descoberto a cabeça da Hidra de Lerna e a aprisionado novamente, dessa vez no meu pesado baú de madeira, onde ainda baba veneno e odeia.

Ignoro os motivos que levaram os proprietários anteriores do baú a manterem o segredo; conjecturo serem os mesmos que os meus, até agora. Quer dizer... Eu conheço a história, sei que o veneno da Hidra é o mais terrível e poderoso que já existiu ou vai existir – que no fim das contas custou, inclusive, a vida de Héracles, de forma que a serpente venceu. Tremo só de imaginar o que aconteceria se essa substância (química e mágica, com certeza) caísse nas mãos, por exemplo, da Monsanto, sem contar o meu medo tremendo de abrir o baú. Quando se encosta o ouvido no tampo, apesar da grossura da madeira, escuta-se um som pavoroso, que consegue ser silvo e ser grave ao mesmo tempo, às vezes o rumor de uma língua amaldiçoando. Reconheço, no entanto, que a cabeça da Hidra seria minha salvação – todos os programas de televisão do mundo pagariam regiamente por imagens exclusivas do prodígio: eu poderia pagar a dívida com o motorista do carro de luxo e contratar um convênio médico.

Estou preso nesse dilema moral. Não quero fornecer ao mundo mais um veneno horroroso, mas também não quero chegar aos 50 anos dependendo do sistema público de saúde. Já me pesa o bastante na consciência todo o estrago no mundo a que não posso me furtar, produzido por essas coisas que todos nós colocamos na conta das necessidades básicas, o chuveiro quente e as balas com embalagens individuais; como eu poderia dar ao mundo esse que é, literal e proverbialmente, um presente de grego (que, se tivermos sorte, será ruim, se não tivermos, será catastrófico) e manter a consciência limpa, se eu nem poderei argumentar como o pobre cientista que, à procura de uma fórmula restauradora da saúde, cria uma arma letal, que as minhas intenções eram puras e que eu não sabia de nada? Mas também como aceitar que, tendo fracassado em todos os grandes projetos da minha vida (tanto os coletivos, em que minha geração fracassou junta, como os individuais, em que fracassei por minha conta) eu deva simplesmente abrir mão da minha última cartada?

É coisa que me faz sofrer bastante. Escrevo essas palavras com a mão esquerda, letra por letra, porque sou destro, e aguardo o horário de tomar os meus remédios. Acho que vou me decidir até segunda-feira. No meio da sala do apartamento pequenino, ao meu lado, treme o filho de Tifão e Equidna, sutilmente.

ABERRAÇÃO

Sou parecido com certo anfíbio raro que vive (tenta viver) nos rios poluídos da Cidade do México; trata-se de uma criaturinha encantadora parecida com uma salamandra cor de pele com guelras vermelhas de aspecto surreal – chama-se axotl. O que tenho em comum com os axotls é o fato de vivermos em imensas cidades onde nos sentimos deslocados, no caso deles, pela poluição da água, e, no meu caso, justamente em razão de outra característica que compartilhamos, essa estranha capacidade de regeneração. Ela poderia ser benéfica ou inócua para mim: a maioria das pessoas atravessa a vida inteira sem perder um braço ou uma perna, e apenas se isso acontecesse – ninguém está imune a um acidente de carro – é que eu descobriria esse dom regenerativo, que viria então como uma benção, um milagre, eu um privilegiado à vista de todos. Não foi assim. Talvez porque o mundo moderno seja incrivelmente mais complicado que os rios da Cidade do México, talvez porque esses deuses loucos não se cansem de zombar de nós, minha capacidade de regeneração se transformou, em um excesso de zelo biológico, em uma capacidade de *geração*, que responde, estranhamente, à aquisição de novos hábitos. Funciona assim: a cada hábito novo que aparece em minha vida (e, no primeiro momento, para cada um dos meus hábitos de sempre), um membro novo, totalmente especializado, surge em alguma parte do meu corpo – não se tratam de mãos e pernas sobressalentes, mas de membros nunca vistos na natureza, cujas formas procuram atender às demandas que o corpo (ou esse aspecto do corpo, porque como dizer *o corpo* sem dizer *eu*? e como aceitar que seja eu a fazer isso comigo mesmo?) julga perceber no meu cotidiano. Começa como uma pequena pústula; depois da pústula vem um caroço onde o membro permanece em gestação, e, depois que surge, rompendo o caroço, se desenvolve muito rapidamente. Seria muito útil se eu quisesse, por exemplo, tocar flauta, lavar louça e navegar na *internet* ao mesmo tempo, mas a coisa nem sequer faz sentido porque alguns deles surgem nas mãos, dificultando seu uso normal, como uma espécie de patinha de caranguejo que me surgiu na ponta do indicador quando minha mãe me deu uma inocente caixa de avelãs.

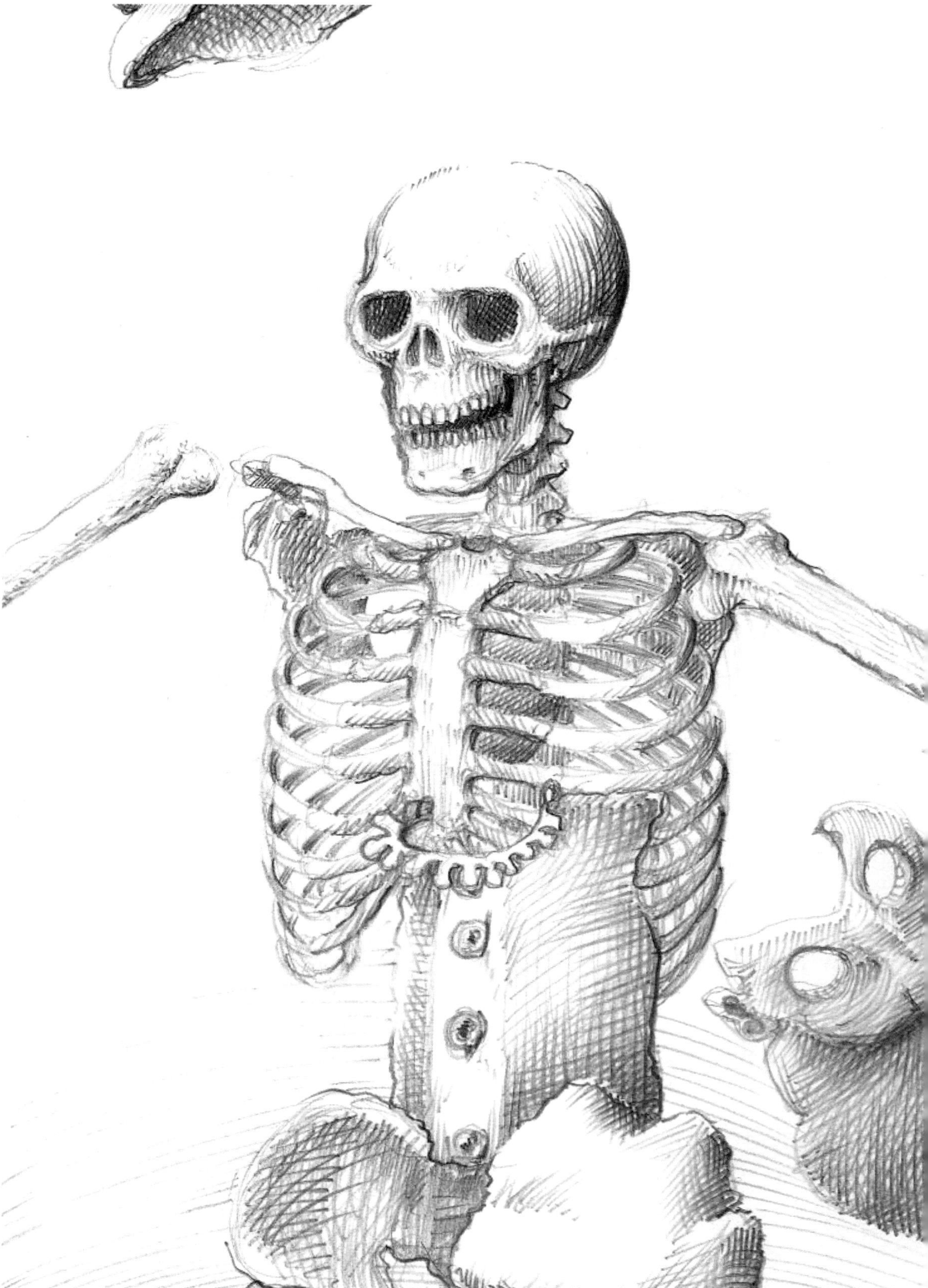

As pressões da sociedade e as do meu próprio senso estético têm me levado a me livrar dos meus novos membros. É muito cansativo e doloroso; no início, o médico, em quem eu achava que podia confiar, se mostrou compreensivo e realizou os procedimentos em segredo, cobrando preço de mercado, mas agora ele começa a me chantagear querendo aumentar o preço, sob o argumento de que está correndo risco, falseando arquivos do hospital etc. Tentarei argumentar com ele; eu não sou um homem de muitos recursos, mas se ele aumentar, pagarei. Mesmo não havendo saúde que aguente mais de uma amputação por mês, eu preciso continuar amputando meus novos membros – minha nudez coberta de cicatrizes ainda é algo que eu tenho coragem de mostrar a uma mulher, em comparação aos membros múltiplos e variados, e eu, que nunca quis ser diferente de ninguém, jamais suportaria a atenção da comunidade científica, das revistas de fofocas, dos documentários sobre aberrações. E qualquer marca fere menos minha vaidade que a contemplação daqueles membros esquisitos, em que a cor da pele humana não assenta natural, balançando para fora do meu corpo, espetando o colchão. Os membros se desenvolvem muito rápido, e, às vezes, um me impede de vestir as roupas de cima ou de baixo até que eu o ampute, e imagine que tudo isso sem ter carro.

Temo estar me viciando em morfina: já amputei por duas vezes um membro cuja utilidade, claramente, era segurar a seringa e pressionar o êmbolo. Não tenho família e tenho muito medo de onde isso pode me levar. Enquanto não brotarem tentáculos no meu rosto (graças a deus ainda inatingido), continuarei trabalhando como ator em filmes de publicidade, sempre com mangas compridas, vendendo às donas de casa sabão em pó e ilusões de futuro.

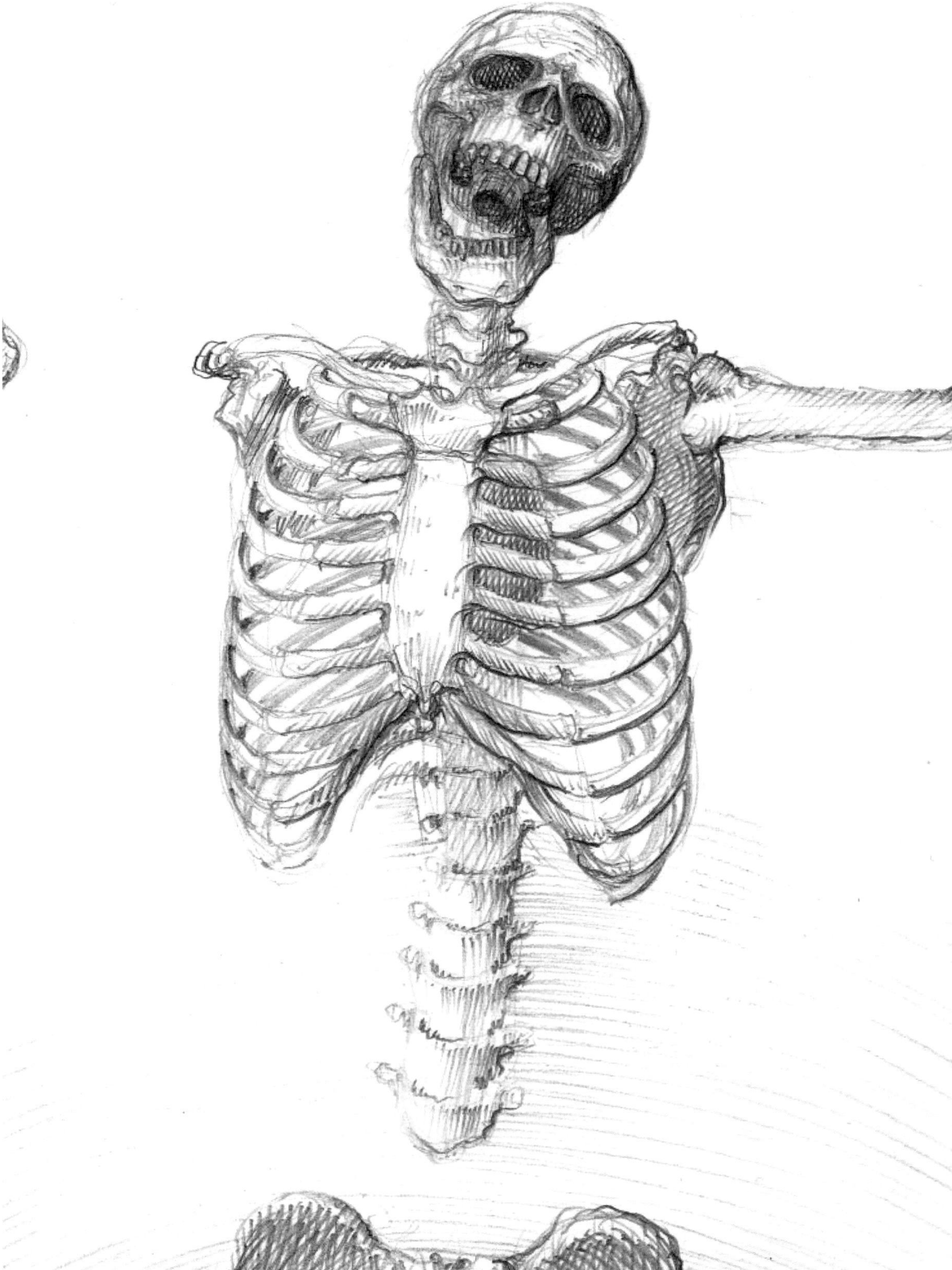

FIM DA TARDE

Uma imagem para o tédio é aquela de quando o Monstro do Pântano (que é uma planta e um deus) desce até o Inferno para resgatar a alma de sua amada e encontra ali o inimigo que matou há quinze minutos, o bruxo e cientista Anton Arcane, e este lhe pergunta há quantos anos ou décadas está ali, e quando o Monstro do Pântano diz-lhe a verdade ele grita de horror, como grita de horror ao fim da tarde o cérebro, que passou o dia inteiro se esforçando para se desvencilhar do café e do cigarrinho lá fora, ao ver o minguado parágrafo, o orçamento incompleto, os prazos que voam em nossa direção como sapatos lançados por detratores. Mas chega a ser incrível que alguém consiga escrever uma frase concatenada nesse mundo vigiado por satélites e cheio de coisinhas que fazem "plim", enquanto os laboratórios fermentam um futuro desconhecido e as teorias mais desesperadas ganham a atenção séria das revistas ilustradas: construir uma bolha em volta da Terra, pavimentar o ártico com linóleo branco. Em algum lugar há alguém produzindo essas imagens, fazendo essas coisas diante das câmeras, atrás delas, em algum lugar meia dúzia de anões azuis com símbolos no peito escrevem tudo isso que é repassado pelas agências, depois repassado e comentado por todos os outros muitas vezes, muitas, tantas que vamos colaborando na criação de uma enciclopédia com verbetes, páginas, capítulos inteiros repetidos; como esses canais de televisão a cabo que passam sempre o mesmo filme – ou como o tempo circular sonhado por Nietszche –, mas com a diferença de que cada repetição deve deformar um pouco mais a informação, da forma como acontece com o nosso rosto (é isso que se chama de envelhecimento, tornar-se a cópia deformada de si mesmo).

Mas todas essas considerações são fúteis, uma vez que o expediente acabou e chove, desgraçadamente chove, e você não pode fazer nada além de irritar-se com o trânsito desde antes de tomar o elevador e permanecer irritado durante todo o trajeto para não perder um segundo só de irritação até, sob a água do banho, poder transformá-la toda em cansaço, um cansaço que te afunde como pedra entre os lençóis e os travesseiros, e você deve procurar aproveitar a noite ao máximo, ao máximo, mesmo se for preciso de ajuda química, porque o outro dia está à espera; a vida que passou até agora, meu deus, como passou rápido, e quanto cansaço há pela frente ainda e você vai ao sono como a sede à água, mas a noite, como é curta a noite, e como são longos os trajetos, tão longos, e há tantos para explicar como, só que ninguém para explicar por quê. O que nos impede, afinal, de viver de outro jeito? O que fizemos pra merecer isso?

© nVersos, 2012

Capa: Erica Caneto e Julia Marçal
Coordenação Editorial: Erica Caneto
Projeto Gráfico: Julia Marçal
Ilustrações: Renan Santos
Editoração Eletrônica: Julia Marçal
Revisão Ortográfica: Rhamyra Toledo Peixoto e Mila Fernandes

Dados Internacionais de Catalogação na Publicação (CIP)
(Câmara Brasileira do Livro, SP, Brasil)

Xavier, Rui
Metamorfoses privadas / contos de Rui Xavier ; ilustrações de Renan Santos. -- São Paulo : nVersos, 2012.

ISBN 978-85-64013-51-3

1. Contos brasileiros I. Santos, Renan. II. Título.

12-08077 CDD-869.93

Índices para catálogo sistemático:
1. Contos : Literatura brasileira 869.93

1ª edição – 2012

nVersos Editora
Av. Paulista, 949 - 9º andar
01311-917 - São Paulo SP
Tel.: 11 3382-3036
www.nversos.com.br
nversos@nversos.com.br

Impresso no Brasil
Printed in Brazil